「別懷疑，我就是馬克大夫！」

馬克·

狄波里斯 著

目錄

目錄

Acknowledgments
引言

感謝Maureen Lajoy 善用她的三項原則，讓我再次提筆寫作；感謝Vicki Palmquist 長久在技術及感性方面的支持。

同時，也謝謝Postgraduate Medicine 醫療中心的Glen Griffin，讓我獲得最長的休假；以及感謝編者Sandra Hoyt 以作者的身份看我，而不是視我為一位醫生。

特別感謝在Star Tribune的編輯Eric Ringham，因為他和我一樣有異於常人的幽默感，願意給予我在該報寫作專欄的機會。謝謝Robert White 授權Eric Ringham給予我這個機會；再謝謝Susan Albright，讓Eric Ringham持續找我撰寫專欄。

最後，我願意藉這個機會向我的妻子Rosa Marroquin致謝，她最重要的工作在於適時提醒我，並非所有的事情都很好笑。

別懷疑，我就是馬克大夫！

"TRUST ME" I'm a Doctor

自序

"What kind of a Doctor Are you?"

「這是那門子搞怪醫生？」

你 一定很納悶，一個人怎麼可以一邊研究尖端的醫學發展，一邊又暢談時下最流行的「蟲蟲危機」，以及最新的減肥營養品？沒有人相信，我可以同時擁有醫生和作者兩種分身；就好像沒有人相信，一個人可以很嚴肅的面對患者的生死病痛，同時，轉個身又用文字帶給人們歡樂。

分享竊取醫療私祕的快樂

當我在診所穿著白袍拿著聽診器時，我和其他醫生沒什麼兩樣，差別只在——我從實際醫療過程中竊取快樂的密方。

我可以在治療某人的肺炎或皮膚病之後，化身為一般民眾、漫畫人物或者外星異形人，狡獪地潛伏到隔壁的密室，迅速記下診治過程中靈光乍現的專欄文章。例如，在完成某次切除囊腫的小手術後，我立即（當然要先把雙手洗乾淨）依實況重新潤飾內容，使文章更加活靈活現。又假如，我告訴患者，「病毒」是造成他身體不適的罪魁禍首，然後，我會火速衝進密室，製造出一名深信人類所有病痛都是病毒在搞鬼的醫生笑話。

這就是我和一般執業醫生不同的地方，而我迫不及待的想把執業過程中所竊取的快樂與各位分享，讓你知道，醫生與醫學常識其實並不等同於乏善可陳、說教和無趣。

這種與醫療過程交錯的寫作方式，最適合結構複雜的專欄文章。說真的，醫生和作者二種身份，不像你想的那般懸殊；相反的，這兩者間有相當多重疊的領域，例如這份對照表：

醫生	作者
adnexal mass（混亂不堪）	adjective clause形容詞子句（咬文嚼字）
foreskin 包皮（去之亦不可惜）	foreword 前言 （去之亦不可惜）
letters from obnoxious lawyers	columns about obnoxious lawyers
來自令人嫌惡的律師信	關於令人嫌惡的律師專欄
appendix 盲腸（可有可無）	appendix 附錄 （可有可無）

瞧！醫生與作者簡直無法分離！而這兩份工作，我都做得有板有眼，雖然我也免不了會用醫生的身份診斷一同工作的編輯；或者以作者的身份，在某某人的內臟（譯註：內臟organ，亦作器官；機關報紙）塗鴉。

雙重身份的寫作靈感來源

「如果他需要這個答案，極可能其他人也有相同的疑惑。」這是我在行醫過程中所得到的領悟，因此，我鼓勵患者踴躍發問；同時，醫學常識日新月異，我總是努力以「在當時」是最

別懷疑，我就是馬克大夫！
"TRUST ME" I'm a Doctor

好、最具可信度的答案解決患者的疑惑。至於一般人最愛問作者的問題：「你的寫作靈感打哪兒來？」基於這種雙重身份的組合，我的回答很簡單——多數來自我的患者們。

我的病患遲早會發現，書中蒐集的許多醫療問題，原來是取自他們身上。我免不了擔心，患者看見他們醫生的名字出現在報紙專欄裏（註1），尤其專欄裡的照片看起來還不像我本尊，他們心中會有什麼感受？不過，至少目前為止反應還不錯，甚至有新患者因此找上門。

新患者上門有幾個原因：他們喜歡我寫的東西；他們欣賞我文章中所呈現導向醫學常識的幽默；或者他們希望新書可以打點折扣。

維持雙重身份數載至今，我所聽過最撼動內心的患者反應是：「啊？什麼專欄？？」這句話證明——你永遠不是自己心中自以為是的那般有名氣。

醫學界自然有許多不能拿來開玩笑的領域，除此之外，都可以發掘出令人會心一笑的事。沒有錯，本書中的文章，可不是隨便揮揮筆就能寫出來的幽默小品。如何用風趣逗人的筆法，將醫療常識撰寫成專欄文章，可以和那些高談政治議題與世界局勢的社論併排在一起，可是要花費不少心血。但假如這種寫作方式可以讓某人的心靈得到舒緩，同時在醫療之外得到撰寫專欄的靈感，我自問已盡忠職守。

幽默，乃治療百病的仙丹
笑聲，讓我成為更好的醫生

　　簡單形容書中每一篇看似笑話的文章，就有點像穿制服不搭配傳統、呆頭鵝般傻氣的領帶（所謂中年人的標準裝扮），反而打上一條帶有異國風味、色彩艷麗，有點小丑象徵的滑稽領帶。在財星雜誌挑選前500大企業（Fortune 500 corporations）的會議中，你可以看見上年紀的男士，身穿暗灰色正式西裝，卻搭配著高速公路上霓虹警示標誌般鮮豔搶眼、繡著「大笨貓與金絲雀」（譯註：迪士尼卡通影片）裡的金絲雀，或者「R2D2科幻電影」（譯註：電影中有由侏儒所扮演的角色）圖樣的領帶。我的文章，正如嚴肅的西裝加上可愛的領帶所產生的突兀〝笑〞果。

　　要成為好笑的醫生就要像他們這樣，推翻舊有窠臼，或者在有限的範圍中做無限的變化。當然，不是每個人都有心情每天扮演侏儒小丑，不過多數人會注意到這樣的變化，並且感謝你的逗趣裝扮，為他們枯燥呆板的生活帶來一點輕鬆、歡樂。

　　雖然有許多醫生一直是敝專欄的支持者，但很遺憾的是多數人並不了解文章中的真意；這當中不乏有人深信，我是在某個偏遠的外星球修習醫術。他們想像我只是愛做怪，並認定我在鑽研某種超乎尋常、攸關幽默的醫療特異功能，譬如「笑療法」（Laughter Therapy），或者「傻笑學」（Gigglology）。對他們而言，這種想法是另一種慰藉，讓他們覺得我不可能跨越醫院的病床，進而審視他們的做法。即使有人並未全盤接受我的說法，寧願我

繼續埋藏這些醫療私密，但還是有許多醫生告訴我，樂於見到有人將醫療祕密傾囊相授。

　　更何況好笑的人也不光只是我而已，很多醫生也都很風趣，雖然不是那種令人仰天長〝笑〞型、或者笑得涕淚縱橫的風趣幽默，但可以肯定的是，他們是相當討喜的醫生，我個人就認識不少可以適時讓患者放鬆緊張心情、讓患者破涕為笑的醫生。

　　行文至此，我可以輕易診斷出浮現在你腦海中的問題：「往後，如果每個醫生都弄成很可笑的模樣，那你還有什麼特別？你又憑什麼寫專欄、甚至出書呢？」

　　最近幾年，這個問題一直在我腦海盤旋不去，讓我深深思考目前整體的健康醫療方向、縷縷細數個人開業診所數目直線下降的趨勢以及大量醫療機構的合併潮流，還有，不曾一日或忘的，多數醫生企圖幫助病患和全人類的由衷渴望…歸納起來，我深信，這個問題只有一個答案：

「哈，是我先想到的！」

　　註１：全書原文刊載於「另類意見」（Second Opinion）專欄，美國明尼蘇達州雙子星市，明尼亞波斯市聖保羅明星論壇報社論版。

Practice Makes Perfect

實地演練，直臻完美

我熱愛醫療的臨床演練，我的計劃是不斷練習，直到完美無缺；然後，退休。

醫生們會這麼形容自己：「所有的醫生都只是醫療實習生」，這時你才恍然大悟，原來如此，才會有這麼多的醫療糾紛；患者成為被「演練」對象，最後發現，自己的醫生只是實習生，而非人們心目中完美的醫生形象。

縱使如此，成功的「實地演練」要先知道其中的幾項原則；很可惜的是，醫生們被禁止和大眾分享這些私密原則……直到本書問世為止。

The Cold Facts about Viruses

感冒病毒上億種冷酷的真相

——每年感冒求診的患者何其多，
醫生究竟檢查些什麼

醫生拿著小手電筒，究竟在我們身上看些什麼？這是健康諮詢單位最常被問到的問題。

一年四季，人們都會因為「呼吸腺體疾病」（CRUD）到醫院求診。感冒流行的季節，人們會帶著這種病毒蜂擁擠進醫生的診所；而如果這些患者家中又有小孩子，那麼這個求診數字就會以倍數增加。

讓我依照醫生的看病過程為你逐一說明，醫生到底在你身上檢查些什麼。按照「看醫生」的慣例，護士會先幫你量體溫，再問你一些公式化問題，例如，生病多久了？正在服用什麼藥物？護士小姐（或先生）一一記錄在病歷上。

接著，醫生進來了，拿著同一份病歷表，醫生先生（或小姐）按照老規矩再問一次，生病多久？有什麼樣不舒服的症狀？當然，還會問你正在服用哪些藥物？假如，對方是你熟識的家庭醫生，他還會關心地問：上回夏天去狄斯奈樂園玩得開不開心？

12

　　檢查開始了！醫生先要你坐在椅子上，然後拿著小手電筒，開始查看頭部的各個〝開口〞。

　　先從眼睛開始——請不要問我為什麼一定先從眼睛開始，反正，醫生都是這麼做的。醫生會檢查眼睛裏那軟軟、肥肥的紅肉，它可以提供許多重要的線索，比如說：有沒有跑進灰塵或什麼的。

　　接著是耳朵，醫生永遠知道你的耳朵「會痛」。因為不論你的身體有任何〝狀況〞，甚至是不小心扭傷腳踝都會讓耳朵不舒服、讓耳朵覺得好像有東西「堵住」了；這是普通級常識。只要有人檢視你的耳朵，就容易讓人感到不舒服，這是因為靠近頭蓋骨的知覺神經的感應現象，我忘了這種神經的確實名稱，反正它們兩個在頭腦裡比鄰而居就是了。所以，你會因此想咳嗽。

　　然後，醫生會摸摸你的脖子，看看有沒有腫塊，這個步驟非常重要，就像很多的媽媽可以藉此立刻分辨出小孩是真的生病？還是想找藉口不去上課？再來，請張開嘴巴，醫生點亮小手電筒，開始在嘴巴裏四處張望。多數呼吸道的問題是病毒造成的，但病毒實在是太小、太小了，即使再亮的燈光也看不到他的身影。

　　還好，醫學科學上說「病毒」有髒亂的傾向，他們從來不懂得把腳擦乾淨，做完壞事後也不懂得湮滅犯罪的痕跡——所以，凡是病毒經過的地方都會留下混亂的痕跡；通常是令人反感的形

別懷疑，我就是馬克大夫！
"TRUST ME" I'm a Doctor

狀，或者令人做嘔的白色黏液。醫生檢視這些腮幫子內的扁桃腺黏質物，還有懸掛在喉頭的「懸雍垂」（uvula，來自拉丁字 Uvulatum，或者你可稱它為『醫生關切的口內小吊飾』）；醫生也會查看你的舌頭，舌頭根部應該會有一些凸起庖（味蕾），別忘了它們打我們出生就一直在那兒，它們的存在，純屬正常。

接著，醫生會用聽診器聽你的背，這其實是沒道理的，因為每個人都知道，真正重要的器官都長在人體的正前方。然而，每一位受過專業訓練的醫師，都能夠聽出發自身體後半面的肺音；更何況，醫生可以趁你轉身、不能盯著他看的空檔，稍微喘口氣、思考一下，下一步該怎麼做。

壓軸好戲，醫生開始傾聽你的心跳了。心，當然和往常一樣噗通、噗通地跳著，它就好像大企業的主管，忙得根本沒時間理會你的小感冒。

還好整個檢查的結果都很正常，耳朵正常；咽喉裡有點小泡泡，但是並不多；肺也很清淨；心臟太忙，沒時間好好接受檢查，不過它保證，有空就會讓你一次看個夠——這些真的是可靠、而且令人欣慰的結論。現在，醫生可以精確的告訴你，感冒是「一種病毒感染，過一段時間就好了，如果病情惡化的話，再做『進一步的檢驗』。」

這句語意含糊不清又帶點威脅的結論，彷彿已經成功地說服病毒無條件離開；很快的，你就會覺得舒服多了。

14

好了，看診結束，你多麼高興知道自己會很快恢復健康，心情像是領到額外的一筆紅利，因為你再也不必為這個病毒煩惱。

Life's Little Emergencies

生命中小小的**緊急狀況**

給你3秒鐘回答：「眼皮跳個不停」（Eye-twitching）的正確處理方式是什麼？

「不知道。」這是你唯一的答案，因為生活中難免會發生一些意外狀況，而這些狀況是醫生沒有機會告訴你的一些繁雜、日常性的醫療問題。

藥物能夠告訴你每件關於西部馬科疾病（Western Equine Panencephalitis）的情況，但如果是關於吃冰淇淋時，凍傷了口腔上方表皮造成疼痛的治療法，就有點混沌不明了。

除此之外，「看醫生」必須經過麻煩的程序，沒有人願意為了一些看似不痛不癢、卻又令人難以忍受的身體狀況，打電話到醫院預約，然後再花上半小時枯坐等候，好不容易輪到你，然後告訴護士：「我只是想問醫生，舌頭後面這些大凸塊是什麼東西？」

多數人會利用身體其他毛病求診時，一併請教醫生這種病不死人，卻又叫人極度不安的問題。比如說：你不幸跌斷腿，醫生專心忙著把你跌斷的骨頭接回原位，你卻趁機問醫生一些無關緊

16

要的問題；你企圖裝作一副若無其事的樣子，問醫生自己手膀子下面這塊垂懸著的鬆垮肌肉，希望醫生告訴你解決的方法。

當然，我並不是說人們會故意打斷自己骨頭，藉此來問醫生問題。為了讓我個人（及其他醫生同業）可以在夜裡睡個安穩好覺，我想提出一些簡單指南來對付這些常見、惱人的身體毛病，這樣，就不會再有人因為眼皮跳個不停，而難過得必須在深夜裡把我吵醒。

眼皮抽搐（眼皮跳） Eye-twitching

人們常說「左眼跳財、右眼跳災」，這種眼角附近肌肉不斷抽搐的狀況，更是令人難以理解，而且幾乎每個人都曾發生過，有時眼皮跳得真叫人懷疑上天是否要傳達什麼預兆？也有人以為，這是來自外太空船神祕的無線電波傳送出來的訊息，呼籲人類突破「北美防空司令部的指揮中心」（NORAD，North American Aerospace Defense Command），遣散核子防禦網，就是因為感應到外星人傳送的電波，使我們眼皮不斷抽搐。這種說法很好聽，如果將之簡化一點，眼皮跳有時只不過是臉部神經在作祟，壓根兒沒什麼冠冕堂皇的理由。

摺疊耳（皺褶耳） Folded ear

當你從沉沉的睡夢中逐漸恢復意識時，忽然發現被壓到的耳朵還沒醒，還貼在你的鬢角側睡得正香甜呢；輕輕撥一撥，它就

啪！立刻回到原本的睡眠位置。難以想像，一個小小的耳朵睡著了會造成這麼大的痛苦；耳朵失去知覺的煩惱，還會導致小孩子輕微的消化不良。

有些人必須像僵屍般平躺著、一動也不動的睡上幾天，才能讓耳朵醒過來。其實真正而且唯一的方法是抬起頭、用力按摩耳朵，直到耳朵的血液通暢、恢復知覺為止。或者，你可以用夾板將耳朵〝釘在〞正確位置，同時用透氣膠布裹上幾天，直到固定回原位為止。本專業醫生建議，禦寒耳罩可以有效預防「舊病復發」。

四肢麻木昏睡症　Limbs falling asleep

睡覺睡到一半，突然發現自己的四肢麻木不仁，這樣的狀況通常會讓人誤解，以為我們的腳呀、手的當真會自個兒睡著。雖然一般的四肢麻木只是輕微程度的昏睡，卻在剎那間讓我們感覺到如此接近死亡。

沒有人知道，四肢呈現昏死狀態是可以利用簡單的晃動，或是小小聲的說：「醒來、醒來」就能叫它們起死回生，其中肯定暗示著整個死亡科學領域（entire field of mortuary science）的玄機，有待我們日後探討，但是目前，我們只需要將它看成是正常狀況。

粗短多梗的腳趾頭　Stubbed toe

有些人不小心踢到衣櫃、傷了自己的腳趾頭而被緊急送醫，很快地腳趾頭就會腫得像顆軟軟的紫色高爾夫球，而且就像是用茶袋包著碎玻璃猛扎自己的腳趾頭，這種痛徹心扉的感覺，任何人都無法忍受。

醫生通常會用一塊木頭把你的腳捆紮起來，就好像你是跌斷骨頭，而不只傷了腳趾頭。不要懷疑，因為根據醫學觀點，凡是感到疼痛的人就應該是一付可笑的模樣。唯一額外的建議治療法是，用憎恨的聲調大聲叫罵，然後再用另一隻腳狠狠的踢那個害你受傷的衣櫃報復它；這樣的治療方法在家中就可以完成，不必大老遠跑去找醫生。

紙張割傷　Paper cuts

你會用其他割傷的處理方式來〝對待〞這種微小的割裂痕，先用抗菌肥皂溫和的擦洗傷口，再用乾淨、乾燥的繃帶包紮。但如果是你用口水沾濕信封背膠時，不小心讓紙張刮傷了舌頭，很自然的就應該換一種治療方法。這種只需要用繃帶處理的傷，請不必跑來要求醫生開立處方。

飛蚊症　Floating spots

許多人偶爾會瞧見，有個小小的黑色飛行物在眼前漂來盪

去，這些像是只能從顯微鏡中看出來的有機體，時隱時現，彷彿就在眼前表演水上芭蕾。這種現象的正式醫學名詞叫做「飛蚊症」（floaters），它是正常的，而且在許多傳統的教科書中都可以查得到。

如果你真的認為這些小東西會襲擊眼珠，並且在眼中四處浮游；老實告訴你：這機率是零！幸運地，多數人都不會在意它的存在，所以就不會過度擔心。

連續打嗝（發疹；爆發性食道疹）Explosive esophageal eruption

打嗝和不斷打嗝都有可能同時引發，讓你不斷地製造出巨大的噪音，就好像有人用船錨、魚叉，打算把你的胃腸都翻攪出來，讓緊張兮兮的旁觀者，有機會瞧瞧人體內部的重要器官。

沒有人可以阻止這一連串的動作，這毛病一發作起來，既沒有治療方式，也沒有解答，更沒有可服用的藥物。相信我，假如你這麼想去找醫生的話，忘了打嗝這回事，乾脆利用「跌斷腿」的時候，這樣的理由才不會讓醫生因事小而拒絕見你。

Stressed for Success

成功抑鬱沮喪症

成也憂鬱，敗也憂鬱。今日的人們常常陷於各種壓力沮喪中。打開電視新聞就看到戰爭、龍捲風、裁減預算，還有，免不了看見那些必須打扮得非常體面的電視新聞主播。每一種情景都讓你莫名奇妙的沮喪憂鬱。

　　每個人都會被壓力沮喪感染，我深信許多讀者瞄到「抑鬱」、「沮喪」的標題時，會將眼光停駐，你渴望知道自己為什麼每天過得如此精疲力竭。

　　這很正常，我可以理解，浪費時間閱讀一些已知的事情根本毫無意義。因為處於沮喪憂鬱的狀態下，你的生活顯得混亂、匆忙；同時，這種壓力在心中的爆發點上逐漸加溫，彷彿有朝一日，你會像是沉睡後的火山，剎那間甦醒爆發，而且一發不可收拾。

　　我又怎知肯在忙碌生活中，閱讀這篇文章的人正處於抑鬱狀況？答案就是──每個人都會覺得沮喪。邁入90年代，沮喪憂鬱早已經取代「憤世嫉俗的理想主義」。瞧瞧各藥房的貨架上，最暢銷的是治療胃潰瘍的藥物，因為長時間生活作息不正常或工作壓力，很容易造成胃潰瘍這種現代的文明病。

別懷疑，我就是馬克大夫！
"TRUST ME" I'm a Doctor

　　我們的工作令人抑鬱、家庭令人抑鬱、閱讀有關抑鬱的報導也讓人覺得抑鬱，甚至自認為自己不抑鬱的你其實也很抑鬱——事實上，這還可能是最糟糕的一種抑鬱，因為，你必須額外承受為了使抑鬱遠離所帶來的壓力和……抑鬱與沮喪。

　　抑鬱沮喪，它不是好東西，但也不完全是件壞事。早期，人們會被野狼生吞活剝那才叫沮喪。我們的老祖宗學習到如何運用腎上腺素瞬間爆發的反應，讓他們在面對凶殘的野狼時可以一股作氣，勇敢的將其他人推入虎口。

　　這種現象證明，精神焦慮是會出毛病的；沮喪的心情會引發體內一連串的變化，從此刻起至長久的未來，我都可以肯定的告訴你：人們有各種特殊的管道引誘沮喪發作。人們經常焦慮地問醫生：「這種情況會是…沮喪嗎？」不管任何問題，正確的回答是：「當然是！」頭痛、背痛、疲倦、反胃、頭昏目眩、挫折——幾乎每一種肉體的疼痛、不適都可能是沮喪所造成。就算患者真的是扭傷腳踝，卻問醫生這是不是生活沮喪造成，其實，只要患者心中有這樣的疑慮，就幾乎肯定是了。

　　我們想知道的是該如何處理。多數人無法精確得知造成沮喪的大多數原因，除非，他能辭掉工作、搬到無人的荒島上生活；就算如此，他還是得面對蚊子和麻煩的熱帶風暴，這些仍然會令他沮喪。

　　另一個選擇是，挑一部像是「非洲野生動物原始蠻荒之旅」

的特別節目，你會發現，動物們沒有沮喪的困擾，牠們除了睡、吃，就是運動、活動，一天24小時顯得無事一身輕。牠們很冷靜，即便是我兒子擔心，這些小羚羊可能在下一秒就成了印度豹口裡的一塊帶血羊排，小羚羊們依舊輕盈自在。動物存活在這種時時刻刻充滿危機的環境，應該要比我們人類被稅捐處（IRS）罰繳滯納金、或帶小孩去看橄欖球練習更沮喪才對；但事實上，牠們過得心滿意足。

對這些動物而言，除非被關進動物園，或者更悲慘的，被人們帶回家飼養被迫和人類住在一起，否則，牠們不會緊張到痙攣、抽搐、甚至嘔吐。觀察這些老愛狂吠的神經質小狗，你會發現，牠們的指甲通常被修得漂漂亮亮，耳朵上綁著人類自認為好可愛的蝴蝶結。然後，你可以想像，這隻好命的小狗，大概下一秒就會開始抱怨頭疼，漸漸地，又開始抱怨爪子莫名的刺痛。

經由動物的身上我們得到一個啟示：「吃得飽、睡得足，再加上充分的運動」就是治療沮喪最好的藥物。美國總統柯林頓（Bill Clinton），這位保持良好體態、喜歡慢跑的美國總統，只做到三分之一就每天精神奕奕。假如你也有充分的休息，並且保持體能的最佳狀況，現代憂鬱、沮喪病就是你的拒絕往來戶。

至少，在你必須要見豺狼虎豹般的大人物時，你就比較不會像小羚羊一樣，動不動就遇到一隻會把你吃了的印度豹。

別懷疑，我就是馬克大夫！
"TRUST ME" I'm a Doctor

Do You Need a Physical ?

我需要做**健康檢查**嗎？

人們總是在猶豫，「到底我需不需要做健康檢查」？

　　除非你已經跨過60歲的門檻，否則醫生不會建議你每年做一次健康檢查，所以，關鍵在於你知不知道自己的年齡；你問醫生這個問題，只是自己給自己找碴、自討沒趣。

　　需不需要做健康檢查？答案「是」，也可能「否」，就像各種醫療，其實都是視情況而定。假設你是個50歲的大菸槍，體型胖到坐公車都要佔去兩個位子、呼吸不順暢、每天一走出家門頭就霹哩叭啦的抽痛、無法吞嚥固體食物、光是綁個鞋帶胸口就痛的不得了，你還需要懷疑自己是否該做健康檢查嗎？

　　這麼簡單的問題，答案依舊是否定的，因為還有一項困擾，那就是你永遠排不到健康檢查的時間。大多數健康檢查的日程早就被預約一空，檔期一直排到好幾個月以後。漫長的過程等於是佔用你寶貴的時間，每個人的切身問題都值得直接去看醫生，而不必耗日費月等待健康檢查的大門為自己敞開。現在就打電話，醫生們不會讓你在電話線上等太久。

　　我們再看看另一個例子。你年近40，發現體內有某些部位開始起了變化，你的動作再也不像以前敏捷俐落；身體的中段部位（腰部）比記憶中粗厚；至於肩膀，總是莫名其妙地疼痛；你必須花上20分鐘才起得了床，同時必須小心翼翼地不讓討厭的背痛惡化；看到任何比牌照數字小的文字就會覺得眼花撩亂；有的時候，你還會看見去世很久的祖父，靜靜地站在自己的左手肘旁。

　　出現這些狀況後你開始想，「是不是應該做身體健康檢查了？」這句話是你說的嗎？為了什麼？每個人都會有類似的感覺。你只不過是許多開始老化的人其中之一，這也是所有的醫生給你的回答；醫生從何而知？因為，他們也開始老化，而且，和你有相同的感受。

　　那麼，我們究竟何時才應該做健康檢查？這一點，決定在你是男人或是女人。進一步的醫療研究分析出一項明顯的特徵，可以讓男士們判定自己是否應該接受健康檢查；研究指出，95 %的男士是因為太太的〝教唆〞。所以，你可以依此做為判斷的依據。

　　女性同胞似乎更感謝醫療科技，尤其是已婚的女士，她們極度關心先生究竟會在她們的身邊待多久。這些男士則帶著妻子代他們寫的小紙條，上面寫著：「我需要做健康檢查，請告訴我，我需要減肥，而且，不該看太多運動頻道（ESPN），謝謝醫生。太太敬上」。你可以看得出來，男士們對於接受健康檢查是多麼被動。

並非所有的人都是奉老婆之命才肯看醫生，有時候是應女朋友、未婚妻的要求，通常其中都有嚴格的使命，女性們希望在還來得及改變結婚計劃之前，先做個「徹底檢查」。她們真的很聰明，知道不經過檢查就不可能退回一個沒有「不良」記錄的老公。

　　相反的，這是男士結婚的原因之一，藉由婚姻找到照顧自己一輩子的人，男士除了戶外家電的馬達維修之外，對於定期檢查的工作特別生疏。有幾個研究就專門針對性別之間的差別而設計的，只可惜，這些參與研究的男士同胞都活不到提供研究的結果，所以目前還無法提出任何確切結論。

　　女士們又怎麼知道何時該檢查？多數婦女每年都需要做乳房抹片檢查（這是一項國中二年級的衛生保健課程就提起的女性最私密的檢查），如果她們沒有每年出現，我的日子就不好過，甚至連慢一天都不行。

　　掌握適當時間進行健康檢查，也是一般女人壽命比男人長的主因，此外，最重要的是女士們不屑參與摩托車和曲棍球活動。

　　做不做健檢對多數男人而言，並沒有什麼差別，反正活得愈久，只表示需要面對更多次、更頻繁的健康檢查，讓人忍受更多的不舒服。許多人會告訴你，如果不是為了自己的太太，根本不會做這種檢查。

Shrinking Role of Psychiatrist's Couches

精神科醫師的**沙發**神經守則

大概是知道自己有朝一日也會需要看精神科醫師，所以我對精神療法非常感興趣，這個醫學領域充滿令人驚奇的發現，尤其是關於診所內的家具陳設。

驚奇的精神現象，第一項：
最大的不同點在於診所的沙發

從心理分析大師佛洛伊德（Freud）起，沙發就與精神醫師唇齒相依，就算醫學研究明白的指出，躺下的人不是睡著了就是已經死了，但是心理醫師仍然相信，只要沙發躺得舒服，病患就會暢所欲言。唯一的理由，應該是為了防止患者在敘述自己像是容易猛流汗這種細微的問題時，瞧見心理醫師忍俊不住的表情。

醫師對於沙發的選擇要件：修長型的睡椅，別忘在椅子上鋪上一條小毛毯，以免患者的頭髮掉到沙發墊襯上。

近代的精神分析師也知道診所中家具的重要性，他們小心翼翼的挑選適當的沙發。根據紐約時報報導，他們大都會選擇不突兀的中性色彩，例如米黃色、淡灰色，這些顏色不會殘留患者的淚痕。有些人選擇大型的皮沙發，他們相信皮革有一種安全和安

撫人心的氣味，即使那只是一種死牛的氣息與觸感。

　　精神心理分析學家深信，診所中沙發的重要性不僅僅只是單純的一件家具而已，根據推測，沙發給人的感覺就和他們對雪茄和細長型水果有著不同感受的道理是一樣的。不論選擇何種沙發，他們都同意一件事：沙發，絕對不能看起來像是一張床！所以囉，沙發床，當然是尚未上場就被三振出局了。

　　由於對目前的研究成果並不滿意，我積極投入更深入的研究，最主要的研究架構就在我和一位心理醫師朋友的電話聊天內容；他表示這份關於沙發的研究應該精準無比，但是，壓根兒不會有人介意沙發這回事，所以延伸出第二項發現──

驚奇的精神現象，第二項：
沙發已不具任何影響力，這年頭已經沒人使用沙發了。

　　真的，這竟然是事實。我可以想像你心中的震撼：怎麼可能，數以千計的電視節目中，心理醫師診所裡的裝潢擺飾都是錯誤的！心理醫師的角色常常會出現在螢光幕，而診所中央的沙發更是不可或缺的場景，難道這也是電視影集中某種大騙局的一部份？

　　結果證實，老一輩的心理醫師比較常用沙發，只不過這種嚴格的佛洛伊德式分析（Freudian analysis）配備，已像昨日黃花、容易走音跳針的唱盤，早就比不上有重低音的CD音響組合了。

這位心理醫師的朋友只有兩位同業到現在還在使用沙發，而且，如果你相信的話，這些沙發的用途只是給患者坐罷了。現在的患者根本不會像電視上演的一樣，躺在沙發上、目光呆滯地盯著天花板。

很明顯的，沙發這個小情節，儼然是研究醫學如何影響我們日常生活的一種範例，有點遲了，不是嗎？或許我們可以假設，結束這整個關於分析沙發的主題，應該歸功於——

驚奇的精神現象，第三項：
許多精神分析師不再使用沙發，因為他們沒有所謂的診所可以放沙發。

最近一篇新聞報導指出，精神醫師已經開始利用電話進行心理治療，根本不需要診所，因此，需要的是電話而不是沙發。

電話心理療法就是為了這些「太忙、或病情嚴重得無法走到診所，但仍有時間接受心理醫師打擾的人」而成立，他們認為，電話診療對於害怕進入公共場所的患者有正面的幫助。不過，我個人認為，走出家門去看醫生，唯一真正的理由是要讓這些患者接近人群；電話診療反而阻礙了這個唯一理由，讓這些人更難與群眾接觸。

分析師指出，這項電話服務必須寄一張照片給求診者，照片中的醫師看起來不帶感情、立場中立，讓求診者可以在治療過程

中，利用照片聯繫。當然，求診者可以隨心所欲，想躺下就躺下，只是先決條件——他們必須要有一支無線電話。

　　我們仍然感謝現代的沙發研究，讓我下回逛街買沙發時，可以參考這些驚人的精神醫學研究，畢竟，有一天我可能也需要心理治療，我還聽說，淡灰色是不錯的選擇哦！

Allergies in Season

季節性**過敏**

每年四月一到，上百萬的民眾便開始提心弔膽，因為它代表可怕的事即將降臨：過敏的季節開始了！

有些人則心中竊喜：還好，我沒有過敏的毛病；在這個時節前後，只不過會有點鼻塞、打噴嚏的次數比平常多一點，眼睛顯得水汪汪的；至於我的鼻子，簡直紅得可以引導聖誕老公公的雪橇了，但這並不是因為過敏。身為醫生，我還可以想到更多冠冕堂皇的理由：頂多，這只是感冒的症狀，這是一種「每年準時且定期報到、持續兩個月左右」的感冒症狀。

我知道自己沒有過敏，因為我不相信過敏這回事。我就是不相信，身為地球上最高等的生物會在春天來臨時，不斷搔抓身體，產生類似副甲狀腺荷爾蒙，導致無法自主控制個人鼻管的暢通。

人類主宰地球上所有生物，擁有蟑螂的吃苦耐勞、海豚的聰明，我無法相信這樣的生物會讓屋子裡的一點點灰塵，折磨成超巨大的氣喘腺體，無法制止鼻子發出咻咻、乎嘯乎嘯的聲音。人體設計的最初藍圖肯定有重大的瑕疵，才會發生這種違反醫學上的基本原理——每個問題都可以自己逐漸好轉，而不會變壞。

所以，當我覺得好像有人拿張砂紙放在我的眼瞼下，我的腦子開始不斷的膨脹，就像微波爐裡的爆米花，不斷膨脹直到極限。我知道這只是靜脈竇在作怪，只要噴一點含鹽分的噴液（隱形眼鏡液——我不用那些薄霧噴劑），加上全罩面具的加熱墊片。

我很慶幸，因為如果我有過敏的毛病就非得服用抗過敏的藥物不可。所有藥房的藥架上和醫師處方箋中，大約有366,783種不同品牌的抗過敏藥物，這些藥物可以分成兩大類：

一是便利商店、藥房買得到的過敏藥：

這些小藥丸可有效的治療一些症狀，包括個人自覺和有意識的思考。熟睡時，你會覺得舒暢無比，但當你一覺醒來，所有的不適都跟著排山倒海而來，讓你覺得自己的腦袋瓜是擺在桌上的一灘口水中。

另一類是必須由醫生開立處方箋才能取得的藥物：

這些藥物一樣可以有效的治療一些不會造成流口水或者昏迷的症狀，而且費用不超過你到拉丁美洲巴貝多（Barbados）玩一趟的旅費，在那個國家，每個人家中不曾看過灰塵，而你也可以藉由度假，避開惱人的季節性過敏。

當然這些藥物的包裝上都會註明，你必須依照醫師的指示使用；有些醫師，尤其是深信過敏症的醫生，會在電話中就同意你使用某種藥物，其他的醫生則會要求你到診所建立過敏診療病歷——

醫生問：「你對什麼東西敏感呢？」

你回答：「春天。」

醫生說：「我也是。我幫你開些過敏藥，不過，我並不相信過敏這回事。」

現在你可以知道，為什麼我會因為沒有過敏毛病而感到欣慰。我可以確定的是我有血管舒縮神經鼻炎，鼻子常堵塞不通，而且總是沒來由的覺得自己的生命是不分四季的沮喪悲慘；但這總比在特定的季節，數著花粉過日子要仁慈得多了。

當然，藥物不是唯一的治療方法，注射過敏針又很痛。舉個例子，你對貓咪過敏（你身上300處的細微抓痕中夾帶有許多的灰塵、孢子、菌類植物），這時候就真的只有兩種治療方式：一遠離貓咪，二是花上5年的時間，將貓咪的毛髮植入你的皮膚，藉此產生血緣關係。對某些患者而言，這種方式可以根治所有的過敏症，並幫助他們解決鼻塞的困擾，雖然你的胃裏可能會因此有一些像是貓咪舔毛產生的毛團；但為了解決過敏症，你必須忍受養成貓咪的習性。

聽起來還真像件傻事，過敏針真的有效，除非有些人嘴上說有效，其實只是不想做進一步的治療：

你說：「不，我真的覺得好多了，真的。」

醫生回答：「為了預防萬一，再多注射些黴菌和菌類植物。」

過敏可不是件好玩的事情。我很確定我每逢春天就發作的鼻子問題導因於其它因素，大概是上週不小心撞到車庫門，頭蓋骨

裂了個小縫，導致腦髓液體緩緩滴漏；但是，我絕不是過敏。雖然這表示過一段時間，其它的液體就會大量湧出，演變成嚴重的腦部傷害，而且，就算我去機構醫院或者國會辦公室求診，也不會有任何幫助。

　　哇！心情真是輕鬆！至少，這不是過敏！

Life and Death Insurance Physicals

攸關生死的健康檢查保險

為了活得健康長壽，我一直遵循一項重要的生活原則——不要為了買保險而做健康檢查。

說起來簡單，做起來可不容易。常常有些重視金融投資效益的朋友，晚餐時間打電話跟我聊天時，給我一些良心的建議，他們多半會基於各種理由建議我買壽險，雖然，這些人平常不稱它為「壽險」。

金融朋友說：「這個嶄新的全球性綜合投資計劃的條件，保證至少回收300萬美元，而你總共只需支付＄6.98美金。」

我問：「怎麼做？」

金融朋友說：「只要做一次簡單的健康檢查。」

我的反應卻是：「真的？當真會有人為了區區300萬美元去做健檢？」

參加壽險的規定一定包含健康檢查，有別於健康保險。（健康保險不需要一些使你倒盡胃口的綜合檢測和實驗，他們通常在電話中做些簡短的口頭詢問，有時還只是在電話答錄機中留言。）基本上，保險公司只是要你證明你的健康狀況，確定你有足夠餘生可以按月繳交保險費。

保險的條款一向令我感到不自在，大概是因為我當學生很長一段時間，很多時候我覺得死掉會比活著有價值，這是我不願意讓其他醫學院預科生知道的事情。縱使多年之後，我有自己的事業，我依舊避免讓代表保險公司的醫生到我清靜的住家，用一些醫療儀器在我身上戳戳、捅捅。

　　我在許多人身上做過同樣的檢驗，記憶所及，所謂保險的健康檢查，只能檢測出一件事：不管做多少檢驗，你都免不了一死。當你買一份壽險時，其實是拿一大筆錢出來下賭注，賭自己何時魂歸西天；至於保險公司的人員，則是反過來押注你可以活得久一點──除非，保險公司已經賺夠錢，可以貼補公司每年聖誕舞會的費用；甚至是中央聯邦政府，也不能出賣這份你英年早逝所獲得的保險賠償。

　　相信我，醫生和一般人一樣討厭這種健康檢查，檢查時並非問一些重要的危險因素，保險公司反而要求醫生做一些像是量胸圍的可笑事。每家保險公司都想知道這個數據，活像通過檢驗，他們就會送你一套量身訂做的新衣服一樣。

　　他們也要求檢測運動後的心跳頻率，只是他們從來不說哪一種運動；保險公司可能以為，醫生們會叫你在診所的大廳來一次440米的跨欄賽，實際上，醫生們只不過叫你在樓梯上下走一遭。這項檢測是要剔除那些有心臟疾病、在垂死邊緣掙扎的人，以及可能在最後一跳暴斃而亡的人。保險公司的人寧可這樣的事情在醫生的診所、也就是在客戶簽下任何保約之前就發生。如果

保險公司在準投保人的心電圖由跳動逐漸變成平滑，或者變成極危險的大波動時，向醫生索取此人心跳頻率，我一點也不感到意外，因為保險公司可以藉此剔除健康狀況不佳的人。

就算你吉人天相，安全通過所有的檢測，你還是必須提供某些「樣品」，過去，這是一項嚴格的證據，而且，檢驗所的技術人員必須親眼看見你在小杯子裡「製造」出這些「樣品」。可不是每個人都可以在大庭廣眾之下「奉命完成」這項工作，幸好在現今講求輕薄短小的科技時代，多數的醫生診所都裝置有將超強功能攝影機偽裝成水龍頭的設備，以便監督「樣品製造者」。

「樣品」經由郵局送到保險公司，這種狀況讓年輕朋友在考慮擔任郵件檢查員時，不得不再三思一番。

健康檢查終告完成，醫生依照慣例用郵件遞送結果，你可以高枕無憂、放鬆心情了，再也不必聽見保險公司的訊息。幾個月之後，你或許會想打個電話給保險經紀人，但是，不要指望他們會有回音。保險公司可謹慎的很，從不直接告訴你與你有關的事情，他們可不想讓你接收到關於自己性命安危的任何警訊。老實說，這根本也算不上是對生命的保險，你想想，有哪一家公司會給你一毛錢來延長你的壽命！壽險的正確說法應該是死亡保險——只不過市場人員早就把這個名詞改成適合在宴會或婚禮場合推銷的名詞。

所以，我不做這些保險的健康檢查，這些檢查結果只是告訴

我，我早晚會一命嗚呼哀哉！老實說，類似這樣的訊息，我不需要花一毛錢也早知道了。

Ask the Doctor

請教醫生，part 1

根據讀者來函，很多讀者對於最近公佈的醫療體制新聞深感困惑，這真讓人提心弔膽！因為這正表示這些讀者們除了寫信問我之外，沒有更好的健康醫療資訊來源。我誠心希望總統夫人希拉蕊女士（Hillary Rodham Clinton）在處理醫療制度革新的議題時，真的知道自己在主導什麼樣的健康醫療改革。

在此，我先提供一些解答，好讓這些心存疑懼的朋友們可以安心的坐回沙發，繼續觀賞電視購物頻道。

問：聽說，有一種新發明可以掃描出前列腺癌，但我的醫療保險公司並不接受該項理賠。有沒有辦法讓我的保險公司也得個惡性腫瘤？

答：保險公司對這種最新穎的掃描功能特別留意，他們在決定不支付某項理賠之前，就已經先詳讀所有發表過的臨床研究，有時甚至先行重新估價。只不過，在新的研究結果公佈之後，保險公司才會開始考慮是否接受這樣的理賠項目。

問：深夜電視購物頻道廣告的「葡萄柚燃燒劑」（Grapefruit Burners）、「超巨量維他命」（Megalo Vitamins），或者其他類似廣告所販售的節食、營養補充品，可以吃嗎？

答：很不錯的問題，只要你是獨立、而且健康無礙，最重要的
——你並不是那麼真心想減肥的話，不妨參考這些節目的建
議。請牢記，任何減肥食品，都必須配合一套完善的整體計
劃，以及規律的運動。

問：加州的水源是否含有某種特殊的化學物質，讓許多電視明
星、電影明星的腦子有問題？這些大明星們為了登上那些只
配在雜貨店中販售的雜誌封面或任何報紙的頭條新聞，不僅
自己甘願在公眾媒體上曝露私生活中的悲劇，還硬生生拖著
家人一起經歷數個月的「當眾丟臉」，並參加脫口秀節目受
主持人的羞辱？

答：是的！加州的水源絕對有問題，因為我想不出還有其它的
答案。

問：是不是真的有種疾病會因病名聽起來實在太愚蠢，而無法
診斷？

答：是的，天下事無奇不有。舉例來說，新生兒已不再檢驗「楓
糖尿病」（Maple Syrup Urine Disease），主要就是因為這樣的
疾病已經十分罕見，醫生們不想一而再、再而三的對大眾解
釋。身為醫生只有禱告，不會有人因為類似「藍色大理石痣
症候群」（Blue Rubber Bleb Nevus Syndrome）的症狀來求
診。反正，總有些疾病名稱，讓人無法相信真有這一回事。

問：有人說，許多小嬰兒會受低氣壓牽引，而在颶風侵襲前夕誕
生，真有這回事嗎？

答：你的朋友如果不是有一個灌滿水泥的腦袋，就是一個訓練有素的醫療專業人員！醫療界充滿了沒有事實根據的理論，多年來，在海岸線地區執業的醫生或護士對此一說法深信不疑；他們應該是認為，大氣層中突然轉動的氣壓，足以把嬰兒從母體裡吸出來吧！

問：如果你寫一些關於「抽脂手術」的笑話，是否也會收到曾做過這種整形手術者憤怒的抱怨信，例如那些把女士們的屁股拿來當作廣告花招的商人？

答：不會。很令人意外，這些特殊的整形外科手術醫生對於這些愛炫耀、視錢如命的寄生蟲具有高度容忍力，他們也有肚量容忍我筆下紳士、善良的評論，因為他們的內心深處其實十分明白，沒有人會在我身上做類似的整形手術，我是命中注定該終此餘生，看起來就像本書封面上很〝抱歉〞的長相。很明顯的，這些整形醫生認為，上天已經給予我最嚴重的懲罰了，所以就不必再跟我計較吧！

Ask Him Again

請教醫生，part 2

「**請**教醫生」的主題廣受好評，讓我以為自己真的提供不少珍貴的醫療資訊。許多醫生喜歡寫這種性質的專題，因為可以利用讀者來函的問題內容佔去一半的寫作篇幅。記得，除非某篇讀者來函的問題真的是笨到極點，不然，我不會輕易洩漏最高機密——讀者的真實身份。

問：自行在家檢測膽固醇指數是否適當？

答：感謝剛剛經由美國食品及藥物檢驗局（FDA）核准的「家用膽固醇測定儀」，讓我們可以在家自己做檢測。就好像其它各種在家中可以進行的檢測方式，這些產品就算是不能測試出精準無誤的結果，依舊可以警惕我們，做為身體健康狀況的參考指數。終於，我們可以不必由醫生檢查就可得知類似的各種警訊——例如：呈現藍色的檢測反應，表示你肯定有膽固醇的問題；不然就是「鏈球菌感染喉嚨」（strep throat）的徵兆；或者，恭喜你，你懷孕了——當你弄不清楚到底是哪一種時，老話一句，還是請教醫生吧！

問：使用室內曬黑設備（tanning booths）是否安全？

答：討論到紫外線的輻射問題時，所謂的「安全性」就只是個相關語；它的實際意思是指，當你離開這個儀器時，皮膚上沒

有明顯可見的曬傷，就是所謂的安全標準。使用這樣的設備，全身上下的主要防禦只有肩片上和設備的罩子相銜接的兩個白點，這個樣子只會讓你看起來活像隻大土狼。

我們都知道，人體長時間暴露在陽光下是危險的，尤其是躺在一個棺材形的曬黑設備裡。人們都會假設，這張特殊的床鋪具有適當的控管和調整功能，只不過，真正必須參考的使用資訊，似乎只能從借來的錄影帶中獲得所謂的使用者經驗。這些曬黑設備的使用者堅信自己全面掌控所有紫外線的輻射。觀察這些錄影帶中使用後的存活者，多數認為U.V.A.紫外線指數是維吉尼亞洲某所大學的簡稱，而U.V.B.則是某個第四台頻道（暢談紫外線 "All Ultraviolet，All The Time"），這就是他們對於紫外線的了解。

就算現在古銅色的肌膚被視為介於曬黑和死人之間的顏色，可愛的小女生們仍然穿著襯衫和大大、傻傻的帽子（專家們同意，這種大而傻的帽子是對抗紫外線的最佳防衛），以標準裝扮活躍於陽光下。相對於傳統廣告，這一點是最顯著的改變。以前的廣告模特兒穿著大概是微生物尺寸大小泳裝，渾身上下塗滿油膩、光滑、抗紫外線指數差不多0.002 SPF的「深銅色肌膚日曬油」（Coppertone Deep Tan Frying Oil），在沙灘上待個兩分鐘；她們所承受的紫外線強度，相當於在賓士敞篷車待上一個禮拜。短短幾年後，該批模特兒都已經在「黃金女郎」（The Golden Girls）中客串演出，也讓該公司在廣告策略上做了一些調整改變。

別懷疑，我就是馬克大夫！
"TRUST ME" I'm a Doctor

問：我怎麼知道自己的小狗是否需要服用「波而剛」（Prozac）藥物？

答：根據目前仍然專門提供定期藥物和處方箋給這些毛茸茸患者的獸醫們指出，應該是在牠出現習慣性的狂吠，以及心神沮喪、抑鬱不寧和攻擊性行為時。雖然這樣的症狀多是養貓者的困擾，不過，服用「波而剛」（Prozac）也無法將一隻貓變成一種名符其實、適合陪伴人類的寵物，頂多，只能舒緩牠們一些類似追逐自己尾巴的症狀，這樣的症狀對於飼養寵物、卻不希望寵物過得比他們更開心的飼主而言，確實是一種困擾。

問：有名的電影「狼人」（Wolf）中，演員傑克•尼克森（Jack Nicholson）為了治療自己「會變成野獸、並且用牙齒殺死小鹿」的毛病到醫院求診，醫生卻告訴他：「不必擔心，你可能只是患了夢遊症，應該到醫院去做『進一步的測驗』」。像電影中這樣荒唐的醫生，是不是應該被槍殺呢？

答：沒有錯，凡是在怪物電影中出現的醫生都愚蠢得叫人無法想像，而且他們還表現出一付不知道自己是在演戲般真實。通常，這些醫生很快就會變成怪物口中的晚餐，讓他們免於承受更可怕的醫療不當的訴訟。

問：醫生能否變得幽默風趣？

答：不能，醫療檢驗所和醫院可不是讓人們上演鬧劇的地方，在候診時笑鬧的人會被視為「畸形變態」。還有，遵照古希臘醫學之父希波克拉底（Hippocratic）的誓詞，醫生應該將這

44

些嬉鬧的人立即送去聽取精神病學顧問的忠告。

不過，倒是有某些醫生，用寫書、寫文章的方式做為替代方案，這樣一來，他們不但可以表現幽默感，也可以獲得無數的讀者信件。而在閱讀讀者來函的同時，卻也給予醫生充分的理由，認定自己確實需要聽一聽精神病顧問的忠告，以免受到這些信件無形的影響。

別懷疑，我就是馬克大夫！

"TRUST ME" I'm a Doctor

Let's Get Physicals

健康檢查大家一起來

暇假是游泳、騎單車、打棒球，以及遊手好閒的代名詞，同時也是學校進行身體健康檢查的時間；這就表示，醫生必須停止前者這些休閒活動，滾回辦公室，專注於後者這件健康檢查。

每年夏季，所有小兒科醫生都會因健康檢查而特別忙碌。這些醫生每天幫小孩做健康檢查的人數，會從六月的一天2至6個開始，然後持續增加，直到學校開學的前一天為止。概算一下，他們每年必須為3,000名左右、忘記事先做好檢查預約的學童做健康檢查。

這些例行的健康檢查目的在於確認孩童們是否打免疫預防針，這對孩童的健康十分重要。現代有許多不同的預防針（DPT, MMR, HIB, HEP-B, IRS, GATT,etc.），家長根本記不住這些不斷更新、增加的各種新名詞。所以，每隔一段時間，學校就會代父母安排時間，把孩子們送到醫生那兒，醫生會記得把注射過和不曾注射過的針劑名稱記錄下來。

這樣的過程從「幼稚園總召集」開始，整個幼稚園的小朋友在學期開始之前被集合在一塊兒量體重、身高，然後給予幼稚園

大小班的名牌。

　　接著，父母必須負責把所有的記錄表格拿到診所。診所裡，護士開始檢查孩童的視力、聽力、體溫，以及身體伸展的張力，還有其它技術性檢測，手上則不斷地在檢驗項目表上的小方塊裡打勾勾確認。

　　所有的例行步驟結束後，就是"看醫生"的時間了。如果這個5歲的小孩打從出生就動個不停，那麼，這樣的健康檢查對於這個孩子「是否可以每天在教室裡安靜的坐上4個小時」這個項目而言，真的具有很大的決定性；當然，多數小朋友可以輕易通過這項檢查。我挺喜愛這些學前小朋友光臨做健康檢查，多數的工作可以由護士完成，而我這個醫生要做什麼呢？就是檢查他們的耳朵、陪孩子們玩玩他們帶到診所的「金剛戰士」（Power Ranger）玩偶，孩子們也喜歡這種看醫生的方式。

　　他們這樣的年齡喜歡到學校去，並且準備好要加入這個充滿遠景和冒險的世界，他們依舊覺得在父母的臂膀中十分安全，然後，我們這些醫護人員，利用孩子心情鬆懈的機會，幫他打了一針──正確的說法是護士幫孩子打了一針。打針時，我盡量不待在房間裡，等小孩子哭完了，我再拿張貼紙進來哄哄他，建立醫生與患者良好的感情。

　　我也喜歡對大一點的孩子進行健康檢查，我的任務是提醒他們做什麼樣的事情會讓生命變得有點可怕，例如：抽菸、喝酒、

還有不安全的性關係。同時，我也鼓勵他們參與各種運動和其它有益健康的活動。在美國，這個年齡層的孩子，多數的運動資歷久得像是可以卸下運動衫退休的選手；比如說，曲棍球組織就會要求家長們，在孩子出生之前就先購買幾副整套的用具，所以孩子的球齡通常會比他們的年紀更久。

男生和女生之間的性徵差異在12歲時開始顯現，舉例而言，女孩子會和母親前來診所，而且彼此之間會有積極的對話，女孩顯得有些活躍、興奮，不斷談論著新的一年進入學校以後的新計劃，與你分享內心深處的夢想和對未來的抱負。也因此，我必須幫她們打一針。

男孩子也是和母親一起來，但是不出幾秒鐘，他們便會要求母親離開，然後自己在醫院大廳裡等候看診。12歲的小男生會很快的接受有線電視公開播映節目的測驗與教育，而不必等到母親到房間裡幫他檢查。有的母親對於兒子請她離開感到訝異，尤其是那種許多年都不曾好好聽過孩子說話的母親。

小男生寧願選擇這種方式，他們可以獨立面對恐慌而不被人發現。為了某些原因，小男生們喜歡拿「看醫生」互相取笑。在診所裡，他們因為顧慮兩件事而心悸不已：一是打針，二是檢查疝氣（脫腸）；朋友們讓他相信，醫生將會一面用捕鯨的魚叉，一面用充氣的老虎鉗夾緊他進行檢查。

醫生的任務就是讓他們冷靜下來，讓他們知道健康檢查是不

會痛的,而且不需要擔心。所以,我們必須幫小男生也打一針。

　　然後,這些小男生們可以昂首闊步走回大廳,在那兒,他們恢復鎮定,而且不會對家長透露半句;直到幾年後,他們需要家長出錢上專校時,才會對家長提起今天的事。這種狀況下,他們通常需要另一次的健康檢查,這是很重要的過程,用以確定他們的健康狀況能不能應付「通宵喝咖啡聊天,且在天亮後直接到法學院上課」。我本人,真的很喜歡這樣的診療過程,有時候我還會想,幫自己也打一針。

The Year They Saved Smallpox

那一年，他們拯救了天花

每年醫學界都會有一些卓越非凡的事蹟，造成某種程度的醫療分歧；但很不幸的，除非看到該年十二月份出版的「年終回顧」專刊，否則沒有人會記得今年的醫學界發生過那些重大的事件。以下是幾則今年才發生令人驚奇的重要記事。

＊美國喬治亞州一名科學家不斷收集男人的唾液樣本，企圖從中發覺為什麼男人都是混蛋？這位詹姆士・戴柏（Dr.James Dabbs）博士是一名心理學家，他相信，具有侵略性和反對社會體制的男士唾液中，可能含有極高濃度的睪丸素——就好像當他採集唾液樣品的時候，這幾位男士是直接把唾液吐在他的鞋子上，而非收集唾液用的罐子裡。他的研究可能會為罪犯的行為研究帶來新曙光，當然，也包括那些似乎「終生」都在吐口水的棒球選手們。

＊「侏儸紀公園」（Jurassic Park），一部描述複製恐龍的危險性電影，創下有史以來最高的票房記錄；同時，引發科學家們一連串的反應。他們堅持，類似電影中的恐龍複製絕不可能發生，那只是一種永遠無法完成的夢想；在此同時，另一批科學家則埋首製造人類胚胎的複製品，只為了證明科學是無所不能。這些人類胚胎的複製品，同時也是正反雙方激烈爭辯中的

議題，使得各地的心理學家不斷呼籲家長們，千萬別帶小孩子
去參觀。

＊歷經轟動社會的新聞報導以及數宗控告案，最後終於證實，行
　動電話並不會導致腦癌。研究證實，這些一邊開車、一邊講電
　話的人，不見得是腦子有問題——他們只是習慣單手開車。

＊針對「勃起」的特定化學機制，研究員們發現，藉由電殛實驗
　的刺激作用，科學家得以檢查無法勃起者的血壓，並且判定男
　性體內的「氮氧化物」是造成勃起問題的原因；至少，這項研
　究是針對那些有此問題的男性而言。雖然，電殛測驗方式有點
　殘酷，但比起原本的實驗計劃卻更可令人接受——因為，原本
　計劃抽驗國中生的血液。科學家表示，該項發現的結果，將繼
　續以5年的時間進行臨床實驗，否則，我們的宴會就會缺少一
　點笑料了。

＊雖然，「天花」（Smallpox）早在1977年就已經絕跡，但在亞
　特蘭大和俄羅斯聯合公國（Moscow）卻有數以百計的天花細
　胞抽樣被冷凍保存下來。科學家們預定用煮沸的方式把天花從
　地球上連根拔除，但在最後一刻出現的抗議聲浪，讓這些科學
　家不得不暫緩執行天花的處決計劃。顯然的，某些科學家認為
　天花應該恢復流行；這些人相信，天花不是壞菌，只是遭人類
　誤解罷了。因此，這些致命的殺人細菌又回到冷藏庫中，不僅
　耗資數萬美元，同時佔去冷藏庫原本可以用來保存複製恐龍胚
　胎的寶貴空間。

＊心臟科醫師發現，禿頭男士與罹患心臟病的機率之間，存在著不可思議的關聯性。禿頭和心臟病都被認定是由影響男性荷爾蒙的睪丸素引起；事實上，禿頭增加罹患心臟病的危險並不比抽菸、或者不做運動更高。這樣的新聞，只會讓人們蜂擁擠進「頭髮增生俱樂部」（Hair Club）；而這樣的說法更像是在證明：如果女人可以自體繁衍，那麼男人將因禿頭而從這個星球上絕跡。

＊醫學科技帶領人類往後〝躍退〞了一大步，醫學界發表一項新證據指出，每天喝適量的酒有助於預防心臟病。1992年起，人們堅信即使是極低的酒精含量也會對人體有害，並且提高其它因素致死的機率，尤其是酒後亂性、謀殺致死這項危險因子，有些人更因此而喪命，這無疑挑釁著該篇吹牛自誇的醫學報導。然後，報紙頭條新聞矛頭轉向指責——一切都是低膽固醇造成的。這樣的結果倒是造成「雙星仕女甜心」（Hostess Twinkie）這種垃圾食品在全國大暢銷的主要原因。

　　現在，關於飲酒問題又有另一份新研究——少喝酒可以避免心臟疾病。因為這項報導，大概又會有許多人到酒吧喝酒時，會把本書撕成碎片，然後灑向天空，藉以發洩胸中不滿的情緒，減緩他們的心臟病，降低他們的智商。

　　如今，我們又有一個可以待在家中避免遭電殛，同時，消毒房子四周所有帶菌的東西，並保持身體健康的好理由。畢竟，我們這些凡人無法預測，醫學界下回又會公佈什麼樣的新發現。

Estrogen Memories

雌性激素的記憶

最近一份研究指出，雌性激素可預防老年癡呆症（Alzheimer）患者初期的記憶流失。這項研究是根據患有躁鬱症、骨質疏鬆症的女士們在服用雌性激素之後，罹患老年癡呆症的機率降低約40%。

老年癡呆症是一種神經學的失序問題，患者會有嚴重而且無法自主的記憶喪失。多數人並不清楚這是什麼問題，但凡是年齡超過30歲的朋友，當他們經常記不得自己把鑰匙放在哪裡時，就會擔心自己是否有老年癡呆的傾向。

人的一生中，每個時期都免不了有某種程度的記憶流失，而當我們的腦子開始浮現小學書桌裡的瑣碎雜物時，就表示我們的腦細胞已經開始死亡；等到我們學過代數和微積分之後，這些細胞的死亡速度會更加快速。

研究人員相信，女性荷爾蒙可能有助於維持腦中某特定區域的記憶功能，保護我們的腦細胞。研究成員中的專家也指出，雌性激素是人類腦中不可缺少的重要荷爾蒙；至少，對於某些女人的腦子是有效的。

就如同自然不變的造物原理，男人腦內只有極少量、甚至根本沒有雌性激素，這也說明了為什麼男士們總記不住那些紀念日，甚至連一級血親的名字也記不得。男士只有在和女士接觸的過程中，才會暴露在雌性激素裡，影響所及也只是讓男士腦子的運作停留在思考一些他們原本認為愚蠢的事物上。

這項關於雌性激素的新理論，比起其它試圖解釋老年癡呆症的理論要好一些。長時間以來，科學家相信，男士的健忘是腦子裡某種化學物質失衡所致，而這可能是婚姻造成，也可能是吃到自己婚禮上的問題蛋糕。研究內容又指出，就算是精明幹練的職業婦女，也可能會因為婚姻變成無助的健忘症犧牲者，她們忽然間記不得電話號碼、生日，也忘了乾淨的襪子放在哪個抽屜。很顯然的，並非男士的腦子天生有問題，而真的是雌性激素不足造成的。

女士們真該感謝體內的荷爾蒙，讓妳們擁有「內建式」預防記憶流失的防禦功能。身為男士之一，我的反應是：什麼？又來了？雌性激素已經幫女士預防心臟疾病，讓她們中風的機率減少50%，我們男人只因天生是雄性，就注定我們容易因糖尿病、抽菸、擁有「老鄉村自助餐（Old Country Buffet）連續晚餐貴賓卡」而罹患心臟疾病。50歲以上的男士，一談到心臟疾病就自動變成兩好球（接近三振出局）；反觀女性朋友，因體內雌性激素的保護，不必擔心先天不足，而她們所付出的代價，只不過是失去欣賞007電影的興致（007電影系列，向來被視為男性電影的象徵），以及擁有在屋子裡亂丟東西的傾向。

　　像這樣的新聞，理所當然地讓這類藥物在各個販售雌性激素藥丸的地方大受歡迎。「佩姆林」（Premarin）是目前最普遍、且具聲譽的雌性激素藥物，它也是全國醫生處方比率第二高的藥物，因為有些醫生認為每位女士都應該為了身體健康服用它。至於本篇報導刊登出來之後，大概會有人考慮將它加在減肥蛋糕中，以提高產品受歡迎的程度。

　　很不幸的，這項研究並未明確指出，雌性激素對女士的助益是否可以擴及到讓每個人保住記憶功能。假如，未來的研究方向可以提出，這類藥物對於兩性同胞具有相同的利益，或許有朝一日，世界各地的男士們為了維持本身的記憶功能必須下定決心，忍受外表上的一些改變——比如說，喪失鬍子和長出胸部等等，付出這樣的代價是否值得？

　　在上述問題獲得明確的解答之前，至少目前醫療科學確實研發出一項造福全球半數人口的可靠訊息。假如你是女性，你可以好好的喘一口氣，知道體內的荷爾蒙隨時保護著你，避免其它疾病的威脅。

　　至於，各位男士朋友們也不必擔心——反正，你很快就會忘了曾讀過這篇報導。

Keep an Ear on Reattachment

盯緊身體上的拼裝部位

近幾年來，許多關於人體拼裝的新聞報導，讓我對自己的四肢產生截然不同的想法。

例如，一位北達科塔州（North Dakota）的年輕人約翰‧湯普森（John Thompson），因操作收割機不當被機器扯斷雙手。由於本身的決斷力和不可思議的意志力，約翰自行設法回到家中打電話求救。

這則新聞的最後一幕是約翰笑容滿面的揮動著一隻手，這隻手現在已經恢復到截肢之前的位置，又成為他身體的一部份了，這都要感謝神奇的「重新連結手術」（reattachment surgery）。

另一位麥可‧克隆（Michael Conoboy）就沒有這麼幸運了。麥可同樣是在操作農作機時不慎受傷，截斷雙手以後，醫生只能救回一隻手。同樣的，影片的最後播出，麥可這隻單手已經可以運作自如。

這種肢體重新連結的例子，聽起來仍像奇蹟一般。醫生們運用先進的科技，使用超高倍率的顯微鏡，再加上比螞蟻嘴巴還小的器材，重新逐條連接被截斷的神經和血管。這些聽起來不可能

發生的事情，活生生的呈現在眼前；我們可以打賭，日後一定會有更多類似的神奇新聞。

事實上，今年年初，我在開車回家的路上，從收音機裡聽見一個重新接肢成功的報導。（我通常都是在這樣的情況之下，獲知醫學界又有了新突破。）

當時的過程十分刺激，吸引我想記下一些細節。就在我打算把車子停靠在路邊時差點發生意外，驚險之中我還是在「塔克鐘墨西哥餅」（Taco Bell，類似麥當勞的速食連鎖店，專賣墨西哥食物）的袋子上，潦草的寫下這則報導的摘要。只要可以說服那些認為我是在瞎掰接肢故事的人，就算是在車子裡寫字的這種傻事，我打從心底覺得十分有代價。

這個故事發生在倫敦醫院。一名病患在酒吧裡和人打架後，帶著一個被扯下來、用冰塊包著的耳朵被送到醫院。（雖然，電台已經將患者的真實姓名播報出來，但身為醫療專業人員，我不能在此說出他的姓名，更何況，墨西哥餅滲出的油漬，使我看不清楚袋子上的筆記。）根據該項報導，他的耳朵是在吵架過程中，活生生的被咬下來，造成嚴重的撕裂傷和瘀傷，讓醫生無法執行這原本應該算是初級的銜接手術。

這位患者的運氣可真好，碰上了一位「皇家御用整形外科博士」（a Royal Professor of Plastic Surgery），經過幾個小時的縝密手術之後，順利將所有扯爛的耳朵組織接回原主人身上，只不

過，接回去的位置比原來的標準位置低了 2 又1/2吋（或者是0.67米，既然我們是在描述英國的報導就應該用英制單位）。是的，不要懷疑，這個耳朵最後被安置在患者的大腿內側，也就是銜接到流經鼠蹊部的大型動脈上。

　　你沒有眼花看錯，正是如此，這名外科醫生把耳朵「刻意的」銜接到患者的大腿上。因為依照整形手術理論，必須暫時把耳朵放在血液供應量最充足的位置。醫生計劃四到五個月傷口恢復了之後，再把耳朵接回頭上正常的位置。

　　有人現場採訪了這項手術，雖然沒有提及患者的情緒反應，卻對本案與其它的相關領域做了精彩的描繪。「微血管移植將是下一個嶄新的領域。」他說：「兩年前，我們曾對因車禍意外斷掉的手臂執行相同的手術，我們先將手臂接續在患者左邊乳頭下方，四個月之後再將手臂移回正常的位置，目前，患者已逐漸恢復手部機能。」

　　「這樣的時代即將來臨，」他說：「屆時，我們可以用更年輕、更有活力的肢體，取代自己身上的老化器材。」他的話好像和幾世紀以來整形醫生所做的事不一樣。

　　顯然，如果醫生們在手臂、耳朵這方面問題有了進步或突破，隨意拼裝肢體的目標就只是時間上的問題而已；或許有朝一日，美國食品及藥物管理局（FDA，相當於台灣的衛生局，專司檢查、取締上市的食品及藥物等）還會要求立法管理人體的移植

問題。雖然，移植手術「暫時」還是屬於「醫療」領域，但未來可能產生無數的變化，畢竟在「醫療」這個領域裡，還有許多未發掘的真相。

不過，在願景成真之前我可要安分點，開車也要小心一點，而且我決定，凡是與農作相關的機器，我都要跟它們保持距離以為上策。

Magnet Heads and Bird Brain

磁鐵頭腦與鳥腦袋

「加州技術所」（California Institute of Technology）的醫學研究人員發現，人類腦部組織中，散佈著超高倍顯微鏡才能看到的微小結晶體，稱之為「磁鐵礦」（magnetite）。這項醫學研究證明，我們每個人的腦部組織裡都有「小磁鐵」。許多朋友對於這樣的說法感到訝異，但我不覺得奇怪，反而認為這種說法解答了很多疑問。

且讓我說明一下這項發現很重要的理由，免得你懷疑這種磁鐵性質的細微物質，可能和某些非人類動物體內用來辨別長途飛行方向的磁性物質相同。科學家們已經知道，鳥類體內存在某些特定的磁性，用以解釋鳥類不尋常的方向感。

磁鐵理論大概只說明了一件事，那就是為什麼附近的啄木鳥總愛攻擊我家的金屬煙囪。通常是早上5點半左右，你可以聽見這些鳥在頭頂上製造出像是大冰雹打在鐵皮垃圾桶上的巨大聲響。這項研究結果公佈，我才豁然了解為什麼啄木鳥老愛啄鐵製煙囪；現代的磁鐵理論就在告訴我們，這種行為是牠無法自制的。

這項理論同時也解釋了小鳥的〝窗戶困擾症〞，一種與生俱

有先進領航系統的生物，卻仍企圖飛出裝飾用的窗景，劈趴一聲、一頭撞上窗戶的玻璃。從我寫作的座位望過去，窗戶外頭正有一隻鳥，蹲坐在草地上、抓著頭，思考著到底是那裡出錯。答案很明顯：因為玻璃沒有磁性，而且，牠們體內也沒有記錄到這項。現在，真要感謝這項新的研究結果，使我知道解決小鳥撞到玻璃的方式——在玻璃上鋪一層鋁箔片，問題就迎刃而解了。

你是否已經了解到這項研究的重要性：現在我們終於知道人們腦子裡的磁性和鳥類的一樣，影響著我們的行為。記不記得，不管我們把孩子們丟在夏季露營區森林的任何一個角落，他們都有辦法自己找到路回到帳蓬？還有，許多人都說自己方向感特別好？顯然是因為他們的磁鐵品質較優良。

我們都知道，有些人特別有吸引力，尤其是律師，雖然也有人特別排斥律師。現代科學證據證明，這是一種很簡單的磁性學物理反應，就像是看見吸引自己的人走進門來，就會像黑白毛的小蘇格蘭獵犬一般，晃著腦袋瓜往對方瞧；也像當我們一看見保險推銷員打開公事包，就會像飛彈一樣彈射出房間，逃之夭夭。

同樣的理論也可以用來說明那些經常受上級左右的人。就像我服務的醫院，停車場四周上方環繞著高壓電線，我注意到這些電線已對初生嬰兒產生影響，讓他們不時發出嗯嗯的哼唱聲，聽起來很像是濃湯煮開時的聲音。這讓我更加深信，這些電線的電磁波影響我的腦磁波，才會造成我多次在這些電線下繞來繞去，無法駛離停車場找到回家的方向。

當然，我們也終於明白，為什麼每次走過冰箱都無法抗拒它的吸引力；還有為什麼有些人可以表演把湯匙沾掛在鼻子上。

　　研究不就已經告訴我們，就像這些撞窗的飛鳥一樣，他們別無選擇。

Crazy for Prozac

「波而剛」也瘋狂

（Prozac，「波而剛」一種雌性激素藥物）

只有神經失常的人，才會忽略最近這項研究報告。

「**美**國精神病學年報」（American Psychiatric Journal）指出，美國一半的人口會在一生中的某個時刻，開始承受精神疾病；不管你是否明白所謂「疾病」的定義，這樣的數據乍看之下還真令人震撼。許多人以為，所謂「精神疾病」是指行為全然不正常的人，像是會無緣無故把鳥的翅膀扯下，或者奉所謂「住在耳朵裡的小精靈」之命行事。前面所提到的研究，用更寬廣的眼光來省思精神方面的問題，其範圍甚至包括那些經常忘記車鑰匙擺在哪兒、及在體育轉播節目中轉台的人。（譯註：多數美國人非常重視電視體育節目，對這些人而言，轉播時段轉台簡直是精神病。）

這項研究是由受過心理治療專業訓練的心理醫生完成，其中有些人還可以經由無生命體偵測出問題所在。這些醫生在駐院期間，實習分析醫學院學生，讓這些學生以為這類的疾病是司空見慣的事情。

由於這些醫生有了比較明確的解答方式，處理這方面渾沌不

63

名的問題，使得這項研究結果顯得卓越出眾；就好像有人給你一把鐵鎚之後，你才忽然發現，原來有這麼多地方的釘子鬆動、需要重釘。只不過最近幾年，醫生們習慣交給你的是「巧匠2000型」電動打釘機，而不是一把鎚子。

言歸「波而剛」（Prozac）正傳。你周遭必定有人正在服用這種藥物，搞不好是你自己。（如果你不確定，那麼必定是看診時，人格中的某一部份沒有跟你一起去。）

先來介紹一下「波而剛」。它原本是用來治療沮喪的藥物，現在儼然已成為有史以來醫生處方使用率最高的一種，而且，就跟日常保健藥物「愛墨西林」（Amoxicillin）一樣普遍。（Amoxicillin，一種青黴素，用途廣泛，例如治療流行性感冒嗜血桿菌引起之耳、鼻、喉感染等。）

「波而剛」受歡迎的速度快得驚人，在醫生「尚未」直接對患者宣傳之前，「波而剛」的名氣就已經直逼「可口可樂」。朋友之間互相討較，廣播人員以忘記服用「波而剛」為笑點，彼此取笑；人們談論「波而剛」的語氣，就像是在討論普通的頭疼藥。其受歡迎的程度，使得有些脫口秀的喜劇明星，用10分鐘的時間談論「波而剛」；深夜的單元劇戲節目也有「波而剛」的主題，那些令人憎惡的小童星會自由自在的談論「波而剛」——當然，那是在沒有人提到保險套的情況之下。

而這所有的一切，改變了醫生診治抑鬱症的方式。

　　心情鬱卒的朋友以往都是到診所，向醫生抱怨對自己的疲倦感到沮喪，而且必須到診所好幾次，再根據一份問卷調查，證明這些患者真的有沮喪的問題；然後再加上幾次的約診，判定服用藥物會不會有幫助，最後才能決定用藥的種類。

　　現在，這樣的患者走進診所便喊：「幫我開『波而剛』」。從詢問到開處方的診療過程，大概只要3分鐘；而且，患者在拿藥離開診所時就已經覺得舒服多了。

　　醫生能這麼做完全是因為它是個安全的藥物，而且，效用還不只是治療沮喪，它似乎同樣能減緩許多其它的症狀，從「失控性強制霸佔慾望」（obsessive-compulsive disorder）到「幽閉恐懼症」（Claustrophobia），以及對聖誕老人不知名的恐懼感等。

　　有些心理學醫師連治療「胸腺機能障礙」（dysthymia，dysthymia又可譯為心境惡劣）——一種〝輕淡型〞的沮喪症狀、一種不是正在笑的人都會有的心情也開同樣的藥。證據顯示，「波而剛」可以有效減緩各種腦部的功能，當然包括如何回想起車鑰匙放在哪裡。

　　這一切的一切都讓「波而剛」變成一種家庭性的普遍產品；同樣的反應如果是發生在最新的「抗菌奶油」產品上，我想仍抵擋不了「波而剛」的威勢蔓延。其他製藥廠企圖跟上腳步，發表新上市、加強藥效的類似產品，超越「波而剛」現有優勢，例如增加藥丸的色彩，或減輕藥丸的重量，讓你更容易把它拿起來放

到嘴巴裏。當藥商間的競爭不斷升溫，毫無疑問的我們會接到更多更直接的傳單、電視和收音機廣告、告示板，還有名流人士的背書保證。

所有流行的事物都會出現反對聲浪，新聞周刊（Newsweek）就持續以封面主題「傾聽波而剛」，報導關於使用「波而剛」「設計出人格特性」的警訊，這也是有史以來最暢銷的心理學教材；「歡樂一家親」（Dr. Jeffrey Kramer）電視影集中的傑福瑞•克雷爾（譯註：該節目主角傑福瑞•克雷爾，在電台主持心理醫生的節目，節目廣受好評、屢次得獎。）笨拙的質疑，用治療腦部的化學藥物修護人類的頭腦是否適當？新聞報導警告我們，服用「波而剛」的人是一群有頭無腦的行屍走肉，就算是在人行道上踩到他們的腳，他們還會面帶微笑的跟你說謝謝。

服用「波而剛」或許會產生不良的副作用，但「沮喪」實在是件可怕的事，竟然有這麼多人需要服用這種腦部化學藥物；無法計算有多少人是真的需要藥物幫助，而又有多少人其實是想藉由這種藥物獲得解脫。至少這個話題讓現代人沮喪的壓力問題浮出檯面，或者不是每個人都知道，但至少每個地方的人（以及他們的醫生）現在都已經知道心理問題對人體健康的影響力。

就我個人而言，我樂見其成，因為你永遠也無法知道，另外一半的人口什麼時候又要出狀況。

Blood Researchers Go Hog Wild

血液研究員發豬瘟！

最近的我心情特別舒暢，因為東歐共產國家逐一瓦解、波灣戰事平息，以及發現可製造出人類血液的突變豬。另外，還有一件事聽起來像是我捏造的，但這可是千真萬確的：那就是，歐洲共產主義已幾近根絕了。

突變豬更是事實，至少最近紐約時報一篇「突變豬製造出人類的紅血球」（Mutated pigs producing human hemoglobin）的報導是千真萬確的。該報導指出，美國紐澤西州一群科學家在豬體注射人類基因，成功地讓豬隻製造出人類的紅血球。不過，該篇報導卻忘了告訴閱聽大眾，這些科學家們是怎麼想到這個實驗的。

我倒是很樂意代大家想像一下——一群衣冠楚楚的科學家，休息時間圍坐在桌旁談論著：「等一下，你們聽聽，我們可以將人類基因移植到豬的身上！這豈不妙透了？」

事實證明，這些小豬體內的造血細胞果真把這些基因當成了食譜，照著將自己體內的部份血液調配成人類的血液。沒有一位科學家願意站出來公開說明，這對一般飼養的豬而言是一項重大的進步；不過，其中的隱喻倒是滿明顯的。

別懷疑，我就是馬克大夫！

"TRUST ME" *I'm a Doctor*

上述報導顯然告訴我們：「別怕！盡情的流出你的鮮血吧，豬友們等著製造出更多血。」這樣的突破有著極大的鼓舞作用，同時也希望讀者不要會錯意。我不想讓任何人誤解「突變豬」的故事，然後紛紛改開豬圈養豬，或培養一種用鐵鍊子跳繩的運動（譯註：反正一樣荒唐）。擁有安全的血液供應來源自然是件好事，在現今時日，我相信，就算是豬也必須和人類一樣，回答一些健康狀況和性行為取向等例行性的問題後，才能進行輸血。

該篇報導卻先進多了！報導指出，這樣的豬血「比目前的捐血品質更優異」，我猜，這「目前的捐血」絕大多數應該是來自人類。我們終於可以知道，為什麼除了自己的血液以外，對於使用別人的血液越來越缺乏信任感；為了安全起見，我們還是把這樣的問題留給豬來解決吧！

即使如此，我還是滿腹疑問，擔心輸入豬血會不會有什麼副作用？我家已經亂得有點像是豬窩了，會不會因此更加惡化？還有，如果我所輸的是 O 型陽性的血液，我會變成什麼？輸過豬血的人，夏天午后的休閒活動會不會變成是在泥沼中打滾？「泥人摔跤」（mud wrestling）會不會成為全美國最受歡迎的消遣娛樂？

假使人們決定放棄血液銀行，轉而利用自己私人豬圈中的小豬血液，那些住在比佛利山的富豪，就必須仰賴自己身邊可人、大腹便便的豬，而且終於有個正當的理由，把這些豬當作寵物飼養。

當然，豬應該是十分聰明的動物，我深信這也是科學家選擇豬來進行這項重要研究的原因。只不過，是不是所有豬種都適合這樣的工作？「義大利豬玀」（guinea pigs，實驗室用的大型天竺鼠）？「樹瘤豬種」（Wart hogs，一種野豬）？我們一般養的豬也行嗎？這些科學家在小豬只有一天大的時候就開始教導牠們如何造血，很顯然的，小豬們一打開眼睛，就已經接受化學的訓練課程了。

這樣的科技仍處於實驗階段，不過，試著想像一下，假如那些知名製藥廠也開始插上一腳，馬上就會有市場開發人員為了要想出一個不太荒唐的藥名而發瘋。（我們可以想像這樣的談話內容：『要取什麼名字呢？豬玀之血？未閹過的公豬血？不，我有更好的主意，就叫做 "豬血糕血清" 吧！』）

感謝老天保佑，在醫生們的豬型公文夾、豬型冰箱吸鐵氾濫之前，議會已經開始在這些豬隻的脖子上套上項圈加以控制。

只要這些新血可以挽救生命，我舉雙手贊成。引述自報導的觀點（不知是醫療專家？還是農場動物專家？）認為，這項有關豬的研究「是尋找人類血液替代品的新里程碑。」

這真是令人欣慰的新聞，不是嗎？雖然，我本人還是打算暫時選用真正的人血。

Low Cholesterol Eggs

低膽固醇雞蛋

引｜頸企盼了許久之後，明尼蘇達州一家公司終於生產出低膽固醇雞蛋。

　　和多數人一樣，我知道這消息蠻久了。隨著新雞蛋上市日期的逼近，所有醫藥版和商業版都深入追蹤報導這個即將成為新潮流的雞蛋。仲介商和經濟企劃人員密集發表新雞蛋的技術，希望可以在雞蛋上架販售和股票上市之前，吸引更多的投資者。

　　「新產品上市時會產生一波新的資產附加價值，例如股息紅利的選擇、債券的轉移，導致年底總收入的水平降低，藉由複雜的評估指出，最高的成長幅度是在中期的成長階段……。」

　　這段敘述我是一句也聽不懂，這就是我無法成為百萬富翁的原因，我只會按照祖父原先教我的理財方式，把錢存在銀行，信箱中這些資料我都直接把它當作垃圾丟掉。正因為如此，當股票飆漲到衝破屋頂時，我依舊站在安全的地方，以免被亂飛的屋瓦砸到腦袋瓜。

　　直到現在，就算我手上有錢且知道如何投資，我也不確定自己是否該把錢全部放在裝著低膽固醇雞蛋的籃子裡。（譯註：投

資原理，不可將所有的雞蛋放在同一個籃子裡。）

　　有個小問題他們還沒有徹底解決，那就是德國公司在製作過程中，將化學物質加進蛋黃裡，所以雞蛋必須是打開的，也就是說必須在人們把雞蛋做成蛋捲之前，加入這項的化學物質，然後去除多數的膽固醇成份。很不幸的，這也就表示雞蛋必須以液體的狀態呈現。

　　人們以前就曾做過類似的研究，嘗試各種低膽固醇雞蛋的〝創造〞。可惜，他們的成果是一小箱一小箱的「雞蛋替代品」，主要的成份就是將蛋白染成黃色，嚐起來就像黃色顏料的味道。

　　更深一層的資訊來源指出，目前為止，還沒有人想到從生蛋的母雞身上著手。

　　與其改造這些已經生出來的雞蛋，為什麼不從生蛋的雞下手？我們可以讓雞隻進行減肥的營養飲食計劃，控制牠們的體重。這樣一來，牠們就會產下消瘦、健康的雞蛋，而且不含任何化學成份。農夫可以將原本「清淡而活躍」（Lite'n Lively，出售雞蛋的品牌）、低脂且新鮮的雞飼料儲存起來，然後把牠們載到減肥瘦身俱樂部，讓牠們觀賞學習「雪兒（Cher）錄影帶」，如此一來，牠們的蛋不只健康，而且瘦小好生。（譯註：雪兒是美國一位骨瘦如材的明星。）

　　縱使這樣的雞蛋有違現代類固醇增量的農場原理（steroid-

enhanced farm theory），不過，這是民意的所趨。人們渴望在周六的早晨，吃著新鮮的低膽固醇雞蛋配培根，當然，還有塗著厚奶油的土司和大量的煎餅。雞蛋是美國人典型的早餐，人們願意為雞蛋花錢，這也使得過程中，許多聰明的投資者因此獲利。

在這些聰明的投資者裡，你不會瞧見我的影子。

不過我並不覺得遺憾，我的感覺是，不論雞蛋如何演化，在我心中永遠存在著它原本的真實影像。至於科技這回事，雖然很棒，可是終究無法做到完美無缺。

至少改良後的雞蛋包裝就是一個大問題，永遠有科學無法如法炮製的東西，這包括了大自然神奇的「殼」。至少在研究出和雞蛋本身同樣的原始包裝之前，我擔心不論多麼努力，最後也只是煎鍋裡的一灘蛋漿罷了，而不是雞蛋。

Medical Mystery Tour

神祕的**醫學之旅**

我和你們一樣覺得十分困惑，溜冰選手湯尼亞•哈汀（Tonya Harding）遭攻擊被送到醫院急診室時，為什麼檢查的是她身上的有毒氣體？還是我將兩件不一樣的事件混淆在一起？

　　氣體部份才是真的吧？！這個非常瘋狂和詭異故事裡，一名加州女子因心臟病發送醫不治。她死之前，許多的醫生和護士檢驗她身上不尋常的化學氣味，這氣味連長年與化學氣味為伍的醫護人員也覺得怪異，而且讓這些擁有超強胃的醫護人員也反胃了。目擊者表示，氣味像是「器官磷」（organophosphates），一種用來製造死亡瓦斯和「貝殼牌無蟲劑」（Shell No-Pest strips）的致命化學物，更有目擊者表示，這名女子的皮膚油亮光滑，有位目擊者甚至說，在她的血液中看見「白色和黃色的斑點」。

　　我對這類的醫療神祕現象有著複雜的情緒，屬於科學部份的那個我知道藉由解剖，這些神祕的現象會有明確合理的解答，並將之歸咎於某種衣物清潔劑的化學成份與晚餐的沙拉佐料產生某種不尋常的化學反應。

　　不過在結果揭曉之前，另一個部份的我會神經緊張、扭曲的呻吟著：「噢，可能是來自維納斯（Venus）巨大的噬腦神經毒

別懷疑，我就是馬克大夫！
"TRUST ME" I'm a Doctor

蟲作祟。」會有這樣的反應，並不是因為我連上心理課時，將漫畫藏在教科書底下偷看都做不好；而是因為我發覺，醫療並不能解答所有的疑問。

　　科學領域中有許多專家們尚未解出來的疑題。除非你研讀的是地理學，它的內容大概都是已經實際走過的足跡，教科書裡也沒有什麼尚未解答的疑惑。但是，疑問二字卻不斷在醫學的領域出現，至少我本人每天都會說一次：「我無法解答。」還好，我被問到的都不算是什麼大問題。通常人們只會問我，舉起錄放影機時手肘發出的喀喀聲響是什麼之類的，還沒有人問我毒氣瓦斯造成家人和朋友喪失意識的問題；不過，我已經準備好要如何回答了。

　　神祕的事情總是特別令人興奮。神祕奧妙的感覺讓我回想起當初選擇醫學的動機。這年頭，利用「陽電子部X光射線檢法」（Positron Emission Tomography）即可掃描出人類思考時腦子裡的狀況，所以，我需要類似神經毒氣瓦斯和人體自然汽化等的詭異情況，重新喚回我對醫學興奮感。

　　目前這個案子已經進入尾聲，醫生們仍舊弄不清楚到底為什麼。醫生戴上探險隊潛入深海專用的呼吸罩器材進行解剖，但始終找不到真正的原因。這些醫生最後很可能會做出逼不得已的決定，寫下類似這樣的死亡原因──「死後非香氣排尿症狀」（Post-mortem Un-odoriferous "P.U." Syndrome）。醫生們還是不知道究竟哪裡出了問題，不過，至少他們在學校出試題時，又多

了一道病理學題目。（譯註：P.U. 的縮寫有多種的解釋，其中亦可翻譯為消化性潰瘍、前列腺尿道等等。）

在此同時，我們這些局外人只能用旁觀者的態度，靜候答案出現，在等待的過程中我們只能告訴自己，這樣的事件只是人體的化學機械裝置出了點小障礙，並非外星人入侵地球的前兆。

已經有人說，這事件將成為電視科幻影集「X 檔案」（The X-Files）的題材。為了配合電視節目的播出，所有內容將會被美化；故事是一名美妙性感的女警官，在臥底查案的過程中，以模特兒般優美的姿態發現溫和的化學毒氣，就在恐怖分子佔有她的緊要關頭，醫生找到了答案解救了她。（別忘記，以上是根據真實故事改編。）

我知道有位當紅的女星適合扮演這個角色，只要該單元開始籌劃拍攝時，她還沒有被冷凍起來。

Low Fat Twinkies

享受低脂之樂

（譯註：Twinkies戲稱為垃圾食品的產品名稱）

世界變得搖擺不定、善變，凡事不再需要道理，許多你曾經奉為真理的事情轉眼變成謊言，就像是眼睜睜的看著一枝鉛筆往「上」掉，這是我從「低脂雙星仕女」（Hostess Lights Low Fat Twinkies）食品得到的感受。（譯註：市面上許多垃圾食物，雖然被戲稱為垃圾，但是至少是美味的，但因應時代需要而推出的低脂產品，美味常大打折扣。）

　　最近推出標榜更健康、低脂肪的產品，取代了許多原本導致肥胖的食物，人類已經找到方法，以純理論性的物質取代食物中的脂肪，提供每天最低營養需要量。

　　身為醫生，我嘗試食用「無骨和去皮」、含有「糙木片」（shreds of roughened wood）這些所謂的「健康食品」。我一向以「雙星仕女」為主要的標準食品，但「高膽固醇，富含奶油的海綿蛋糕」卻是〝最佳損友〞。

　　不過，這是在我知道「低脂雙星仕女」的真相之前。在這兒，所謂「低脂」是一個附帶名詞，新的「雙星」熱線（印刷在包裝上的080免付費服務電話）指出，每兩份新的「低脂」雙星

含有3克的脂肪（營養專家會告訴你，如果不是一次吃兩份，那麼，你所吸收的營養成份就不是這個數據）。自作聰明的胖胖同胞，這其實就等於吃了3條麵包，或是電影院裡的爆米花果仁；反正這產品標榜的不正是健康食品嗎？既然用玻璃紙包裝，就還不算壞。

根據個人觀察的健康趨勢，我想我有責任對新的「雙星」產品做些研究，尤其我也免不了會吃上一些。以往「雙星」是我的主要零食，但經過學校的醫學訓練、注重營養成份的洗腦後，我發誓戒食這項產品，自此之後，我只有嫉妒的看著超市和便利商店貨架上的「雙星」。

現在我終於有正當的藉口：必須實際嚐嚐這些比較健康的低脂「雙星」，吃起來是否還和我記憶中的滋味一樣？還是把「星」去除之後的味道？（譯註：美味相對減半）

我迫切的想知道答案，於是我穿上雪白的外套往雜貨店前進，在「雙星仕女」產品專有貨架上找到了「低脂雙星仕女」，就在記憶中所有商店放零食的老地方。杯狀蛋糕上有著無法分辨的糖寫字跡；而原本的包裝像是塗著橡膠的椰子，現在則改採經過設計、粉彩畫般的包裝。我買了一份雙包裝的「雙星仕女」，帶回家裡的實驗室廚房。打開「低脂雙星仕女」的包裝時，我特別小心謹慎；包裝看起來和記憶中的一樣，有著輕盈的重量、金黃色的包裝，較深色的那一面同樣放著奶油注射器；我甚至像小時候一樣撥開「低脂雙星仕女」的糖衣。

別懷疑，我就是馬克大夫！
"TRUST ME" I'm a Doctor

在進行實驗的錄影過程中，我咬了一口。

　　醫療研究不見得永遠只有壞消息。我的研究結果令人驚訝地發現，低脂「雙星」和記憶中的滋味完全一樣；那種像是果核裹著厚厚的聚苯乙烯泡沫塑料的味道，一點都沒變！我很高興低脂「雙星」美味依舊！

I Just Play One on TV

急診室的春天

我經常取笑電視劇裡的醫生，這當然是我渴望能夠在戲裡演個角色的反應。甚至到了現在，每天忙碌工作之餘，我仍常常把筆一扔停止手頭上的工作，然後大聲的叫著：「馬上把這個人送到急診室！」（譯註：電視節目中常有的對話。）

　　一個醫生有這樣的行為，可能會讓那些因喉嚨痛求診的患者覺得很可怕。就算如此，我依然相信，這樣的口頭禪只要可以幫助一位重病、而且非常需要立刻進入急診室的患者，讓他們在10點的夜間新聞看見自己的照片就值得了。（譯註：作者玩笑，認為有的患者只是想上電視，不會介意醫生脫口而出的這句話。只要可以完成患者心願，對於某些患者未嘗不是件好事。）

TV News Doctors

電視新聞中的醫生

（譯註：本文是作者對美國的醫療新聞所做的個人評論）

我希望大眾不會依據電視新聞中的醫療評論節目來維護身體健康，因為，這簡直就像是相信自己可以藉由觀賞「星際大戰」（Star Treck）而成為更好的太空人；縱使，星際大戰的某些片段確實是根據電視新聞報導改編而來。

電視，絕不是你獲得醫療常識最理想的資訊來源。理由很簡單：任何事件要成為電視新聞節目的內容之一，首要之件就是必須要有報導播放的圖形或者是影像，這就表示，事件發生之後所錄製或拍攝的「錄影內容」才是我們在電視上看見的新聞報導。比如說，一棟燒得精光的建築物、或是墜毀的飛機殘骸，這樣的內容就成為我們看見的新聞真相。依照這種原理，醫療事件很難成為電視新聞的一幕；簡單舉個例，從來沒有一位攝影師可以拍出膽固醇的「新聞現場實況轉播」。

因為這種限制，很多電視新聞節目採取變通方式，聘請一些本來在幫人家看病，但目前已經沒有執業的醫生主持類似節目。這些主持人中，有些只是照顧過一些病人，根本不曾以行醫為正式職業，或者，只是在醫學院待的時間久得可以在自己的名字後面加上「醫學博士」的頭銜。稱這些人為「醫生」，就好像是稱

傑諾・福特（Gerald Ford）「總統」；雖然，技術上這是個正確的稱呼方式，但我覺得這比較像是一種禮貌性的稱呼。

這些新聞醫生報導醫療問題，理所當然的就必須要有病患的照片，這就會演變為一件事實：收視率一敗塗地；因為沒有人會喜歡在睡前看到一些病懨懨的人。所以為了吸引觀眾，這些醫生有時會提供一些人坐輪椅、戴著氧氣罩的照片；在電視醫學報導中，這些人就代表是「墜機受害者」。或者，他們只是播放一些人走出建築物或接受訪問的影像，偶爾在片段中穿插著醫生面色凝重、臉上滿是關切神情的畫面。

你可以發現，多數節目中會出現類似以下的狀況：

片頭：地方新聞節目開始，大聲的背景音樂中充滿電子儀器的嗶嗶聲和沉重的鼓聲，加上白種人在新聞節目中都會表現出來的特殊微笑畫面。

跳接到：英俊瀟灑的男主播：「晚安，今晚的『新聞現場實況追擊節目』將為您獨家播出幾件新聞事件發生後，這些新聞人物目前的狀況，同時配合節目部改編的部份情節。播出前，先聽聽馬文・貝門醫生（Dr. Marv Baleen）這名真正的醫生今天要為我們轉述哪一段大家都必須要關心的醫療故事。貝門醫生，請說。」

新聞醫生：「謝謝你，布萊德（Brad）主播（轉向攝影機，滿臉關懷的神情）。今晚『與您切身相關的醫療健康新聞瞭望』的節目中，要告訴觀眾一則把自己冷凍起來的冷凍人新聞，聽起

來很瘋狂，但真有人做出這種事情。以下的新聞節目片段，你將看到一些古老科幻電影中才會出現的情節——有人把自己冰凍在一大包的冰塊中，直到他們希望溶解的時間再醒過來。慶幸的是，這些人多數是病情十分嚴重的患者；只可惜，報導中相關的人不是已經去世，就是拒絕接受訪問。」

「這當中有很多人的內心裡，仍然殘存著曾經成為冷凍人的夢魘。這次的獨家報導，首度揭開整個冷凍的過程，這過程和60、70年代罐子氣爆（exploding pop bottles）造成數千民眾受到傷害的原理一樣。這裡，我們可以看到一些當初受爆炸傷害者的照片；多數專家建議，這麼嚴重的傷害應該避免把自己冷凍起來。接著，為您播放的是這些專家們舉行重要會議的部份情況。所以，如果醫生正在幫你進行冷凍作業，你最好再問問醫生，確認這種治療方式是否對自己有益。（回頭，轉向主播）布萊德先生。」

英俊的新聞主播：「醫生，這真是令人驚訝的報導。我已經很多年沒看到氣爆罐子了。」

醫生：「是的，它們還存在社會當中。」

英俊的主播：「我現在突然想到一個問題，雖然沒有預先安排，但我仍然不得不請問醫生，假如像這種兩公升裝的塑膠罐呢？這樣的罐子是不是也有危險性呢?」（譯註：一般為裝牛奶的罐子）

醫生：「很高興你提到這個問題。（轉向攝影機，滿臉關切）這裡有一些雜貨店貨架上擺滿了這種兩公升罐子的照片，而我必須要說的是，布萊德主播，危險是存在的，就好像另外這張照片，瞧瞧這位現在還坐在輪椅上、帶著氧氣面罩的女士，她會同意我的說法。」

英俊的主播：「貝門醫生，謝謝你這段具有震撼力的報導。很慶幸能有一位貨真價實的醫生參與我們的節目，讓觀眾對健康議題保持高度的警戒性。」

新聞醫生：「這是我的榮幸。再一次提醒各位觀眾朋友，請保重你們的身體。」

筆者認為，最可怕的是竟有許多人相當重視這樣的新聞內容，有些觀眾甚至認真的依此詢問醫生，讓醫生覺得眼前這些人的頭腦有問題；然後，患者就懷疑醫生，為什麼他們就好像「電視上演的」那樣，都不注意最新的醫療專題報導，有些患者甚至從此不去找這名醫生，乾脆直接仰賴電視新聞醫生的資訊。就如同所有人的看法，他們認為，任何一個人都會選用最有效的方式來維持自己的身體健康。

同理可證，我猜，也有很多人想藉著看電視成為太空人吧！

別懷疑，我就是馬克大夫！

"TRUST ME" *I'm a Doctor*

75 *Doogie and the Moose*

神奇的電視醫師

（譯註：『Doogie和Moose』是美國電視節目影集中的醫師）

（作者註：我相信這篇專欄內容，片面幫助了電視節目『北國風雲』（Northern Exposure）的成功。著手寫這篇文章時，該節目才剛開始播放，沒多久，它已經成為最轟動的節目。）

現在，應該是我們謹慎檢視「醫生節目」的時候了。因為藉由檢視的過程，我們才可以獲得更多的醫療訊息，並從節目中進一步了解醫生們的工作和生活作息方式。

開玩笑的啦！無論如何，藉由這樣的檢視，我們可以學習到許多關於電視節目的東西。

目前電視頻道中有兩個關於醫生的節目：一是「道奇侯醫學博士」（Doogie Howser, M.D.），一個關於16歲就成為醫生的天才故事，而「北國風雲」則是描述一個醫生花了數年時間在阿拉斯加工作，用以償還醫學院龐大的的學費債務。

從這兩個節目的差異比較中，我們可以學到什麼呢?

為了執行這項精深透徹、複雜難懂的分析，我經歷了一個漫長、而且非常艱困的過程和步驟。

步驟 1

首先，我進入醫學院就讀，也經歷了實習醫生和住院醫生的階段，雖然，一般分析電視節目的技術上並不一定要做到這點。

步驟2

除了偶爾翻閱一下雜誌，以及被一些非常蠢的音樂打斷思緒之外，我特別專心的看了1又1/2部的「道奇侯醫學博士」。

步驟3

我至少應該看過相同集數的「北國風雲」做為比較，但我不只看過幾集而已，我幾乎每個節目都看兩遍以上，甚至還把這些節目錄下來放在書架上，擺在一部「新英格蘭醫學年報」（the New England Journal of Medicine）旁邊。就算節目當中有部份是真的，我也不能說出來，因為這樣會影響研究的真實性。

經過一季煞費苦心的研讀之後，我跟科學家一樣，把資料依照臨床的比較分門別類。以下就是我的分析結果：

故事背景

「北國風雲」（以下簡稱：北國）：這是一部關於一個被迫用政府提供的助學貸款來完成學業的故事。現在為了彰顯他的貢獻，他必須在阿拉斯加的原始世界中工作，而不能在紐約開設有利可圖的私人診所。只要醫學教育的費用持續飛漲，像節目中這

樣的情節就會不斷上演。

「道奇侯醫學博士」（以下簡稱：道奇侯）：是一名醫學系才華洋溢的專科畢業生，當大多數的同學都還在努力熟背人體部位名稱時，他已經超越同儕成為一名醫生。通常醫學院需要四年的苦讀才能完成學業，但片中並沒有交代他是如何通過這一關的。不過「奇蹟」還是可能發生，至少在電視世界中是這樣子的。

主角

「北國」：喬伊‧費雪醫生（Joel Fleishman）是一位受人敬重的好人，他在一個街道有北美麋鹿漫遊的地方行醫；在這個地方，「冰上煞車」彈性的好壞就已經是當地最重要的文化議題了。（譯註：生活議題越單純的地方，越顯出當地的偏僻程度）

「道奇侯」：無所不知、無所不曉，他是那種在學校聰明乖巧、讓其他同學很想一腳把他從學校後門踢出去的孩子。

配角

「北國」：阿拉斯加西西禮市（Cicely, Alaska）的居民，一群行為古怪、吃苦耐勞的人，他們個性中所有的怪僻特質絲毫不受環境影響。每一個人都學會在不良的天候中，彼此依靠生存，而且讓觀眾感動得想搬到阿拉斯加和他們一起住。

「道奇侯」：每個人都喜歡道奇侯博士。

羅曼史

「道奇侯」：正如你所期待的，他當然也會有女朋友。

特別說明，在某個單元中，道奇侯被一個國際知名的服裝模特兒親了一下，感謝他治癒她飲食不正常的毛病——我倒是記不得在我實際醫療的過程中，這類事情是否當真發生過。飲食過多或缺乏的疾病是一種與社會適應有關的疾病，也是小說笑劇的主題。既然是電視節目，道奇侯花了30分鐘就把問題解決了。

至於頭幾集的「北國」裡，喬伊醫生被紐約的女朋友甩了，在這個小鎮，這樣的消息大概不用半小時就全鎮都知道了，甚至當地的電台都會播放給每個人知道。

醫學的正確性

「北國」：正確。喬伊醫生處理的是類似失眠症及輸精管切除術，這種每天都可能遇到的普通手術，同時，他和患者之間相處得非常愉快。至於實際的醫療行為，電視中描述的有點模糊，因為現實生活裡，並不是所有的問題都能找到答案。

「道奇侯」：正確，但有點妄想的成份，且自貶身份。電視中醫生不是任意說些令人無法理解的行話，不然就是將轉述的內

容簡化成連傻瓜都可以了解。面對嚴重的問題時，永遠都是道奇侯醫生出手相救，就好像其他有經驗的醫生都去度假了。我懷疑其他的人會想要把他痛揍一頓。

意外收穫的可能性

「北國」：零。只有些具自然教育價值的麋鹿片段而已。

「道奇侯」：我們期待看到許多關於「財產」的內容。我猜道奇侯最要好、但令觀眾討厭的朋友溫尼（Winnie）即將登場演出；他是一名青春期就具有性幻想的人，操著布魯克林的口音，住在中上階級的郊區白屋。我寧可期待在觀看服裝模特兒秀時會有意外收穫。

結果與預測

「道奇侯」：一部非常賣座的片子，可能會在下一季引發各家電視台「青年專家」的大流行。

「北國」：滅亡。這個救兵性節目維持兩個檔期後，我們所看到的是一個成熟且充滿智慧的節目。換言之，這樣的節目真的好到不應該做成電視節目。

這樣的研究結果，幾乎讓我希望自己是錯誤的。

The TV Doctor Stethoscope Test

檢驗電視醫生的聽診器

節目季每更替一次，就會有一個新的電視醫生出現在螢光幕前，也就是說，新醫生每年秋天都會出現。我想這個聯邦國家一定有什麼樣的定律，可以每年都播放一個新的醫生電視節目，而不在意這樣的節目會糟糕到什麼程度。

多數都是接替低收視率節目上映，期待著可以把下跌的收視率拉高，「北國風雲」（Northern Exposure）就是在這種情況下上映，而且它成為收視率最好的節目。不過，多數的醫生節目都是一敗塗地，在上映的短短幾個禮拜後就消失得無影無蹤。

現在，又一個新的影集「人體真相」（The Human Factor）上映，我非常樂意對該節目進行深入且詳細的審查。但開始欣賞這個節目時，我遇到一個無法解決的問題，這個節目每次播出1小時，這就表示觀眾必須對它奉獻出相當程度的個人時間，風險在於是否要把它錄下來，同時懷著渺茫的希望，希望這個節目還不至於太糟糕。

這也表示著我的注意力開始錯亂。一個電視影集必須要「好」到讓我有興趣持續觀賞60分鐘，好比「芝麻街美語」（Sesame Street）；但至少對我而言，「人體真相」第一集的內容就無法吸

引我持續觀賞。

多數人都認為，我身為醫生非常適合評斷醫生節目。他們假設，我可以依據我的醫學常識，以及在診所、醫院實際看診的工作經驗，給予這些節目一點實際的意見。理論上是行得通的。老實說，我一直有一個稍微異類的方式，那就是根據醫生的聽診器做為評價醫生節目好壞的標準。這種特有的方式在我看到「電視周刊」（The TV Week magazine）雜誌封面「人體真相」的劇照時，便在心中做了決定。

劇中主角是一位具有多年豐富工作經驗、但暴躁易怒的醫生，同時也是一個無私忘我、放棄私利的人，重要的是，他教導的醫學院學生身上戴著的聽診器，就和我在便利商店看到的一模一樣。

我還保留著這張照片，就貼在辦公室的白板上面，主要是因為這張照片喚回我對第一個聽診器的記憶。想當年，醫學院在我們開始進醫院工作時，發給每一位學生一個聽診器；差不多3天後，這個聽診器就已經支離破碎，金屬片的部份還掉在我面前患者的膝蓋上，害得這名患者驚跳而起。這種聽診器有一條細長、纖瘦的塑膠管，就像照片中的聽診器一樣，這樣的管子只會在脖子後面造成皺褶，而不易經由它聽見任何聲音。我只能說，真的是好萊塢風格！因為這樣的醫生形象是根據好萊塢的照片資料而來。所以，對我而言，這個節目的好壞就已經十分明顯了。

　　我知道用這樣的方法來評論一個電視節目有點傻，但這樣的方法同時也可以是非常正確的。以「聖亞斯多」（St. Elsewhere）為例，這個節目初上映時是一部很好的片子，片中上演著努力工作的醫生處理著一般的問題以及難纏的患者，而且所有的醫生角色都有一個不錯的聽診器。後來，當節目收視率降低，電視公司做了一些改變。這些醫生們開始被控謀殺，然後在監獄裡被強暴；至於聽診器也和其它的東西一樣變糟糕了。節目的內容演變到最後，變成患有精神病的護士帶著復仇的心理，利用染有AIDS的整形手術來復仇，這時，他們也就不再需要聽診器了。

　　根據照片，我對「人體真相」有不好的感覺，我很擔心，這個節目即將面臨和其他破壞電視名譽的節目相同的命運。因為要求收視率，節目內容不可能陳述每一天都會面對的相同且簡單的故事，每個內容都必須像是在與死亡競賽；漸漸地，這個節目的性質，將演變成不再只是一個單純的醫生節目。這也就是為什麼我們在醫生節目當中，看不到類似喉嚨痛、喉嚨發炎、睡不著、或者在家中壽終正寢的一般性故事。

　　不過，像「北國風雲」這樣賣座的片子，演出的內容卻是類似這樣的情節，但也只限於頭一季而已。當然囉，節目中醫生使用聽診器的方法都很正確，也就是把它們像領帶一樣掛在胸前，在這個節目當中，有時候甚至會看得到這些醫生使用聽診器呢！

　　本文應該可以告訴電視工作者一些訊息。文中顯示，如果希望「人體真相」大大的賣座，他們必須將節目著重在與一般民眾

別懷疑，我就是馬克大夫！

"TRUST ME" I'm a Doctor

有關聯的問題上，否則，就只是一般的警察連續劇，差別只在於主角穿的是白色外套。

糟糕，我可不小心洩漏了祕密，好萊塢片商們現在就更了解問題出在哪裡了。這些製片商可能會開始籌劃一些節目，讓醫生的形象與實際的狀況更契合，或者至少找一個真實、像樣的聽診器，掛在這些醫生演員的脖子前。

我想在下一季的節目當中，我們就可以看到結果。

Doctor In Space, Action Figure On Earth

星際醫生・人間英雄

我選擇當醫生，因為我希望幫助人群，同時也因為醫生在電視上看起來都很酷。成長的過程中，電視上有很多出色的模範醫生，例如麥考依醫生（Dr. (Bones) MaCoy）在「星際大戰」（Star Trek）中所扮演的角色。

我非常喜歡這個節目，但我並非「星際大戰迷」，我只不過曾為自己裝上個尖尖的泡沫海綿耳朵，並拍了張照片放在桌上。當我得知大多數的演員要來鎮上玩一個叫做「每個乖孩子都有小禮物」（Every Good Boy Deserves Favour）的遊戲時，我很自然的提出一些問題，例如：「我可不可以和蓋茲邁克登（Gates McFadden，劇中演員）說說話？」答案卻簡單得出人意外：「不行」。

我發現，訣竅在於請當地報社的編輯幫你打電話，千萬別自己打。我不能說得太明白，只能告訴你，假如你自己打電話，你的談話對象就會是那些被僱來讓你保持距離的人。

我也想和蓋茲邁克登說話，她的角色非常特別，而且是明日醫生最重要的典範，就像星際大戰中的醫生，彌補了「真實醫生」（Dr. Crusher）的不足。結果，不用我告訴她，她早就已經知道

自己是一個典範。邁克登小姐對於扮演當紅影集的醫生有許多想法，而我很樂意告訴大家，她非常認真的想過。

「我聽說，很多年輕朋友因這個節目而希望將來能當醫生」，她告訴我：「我也聽說，很多喜歡『真實醫生』的朋友，把我的照片放在辦公室的桌上。」我有點疑惑，反問「要求妳的照片？」然後，問了原先不打算問的問題──她個人對這個角色的看法。

「剛開始接觸這個角色時，我曾經為了該成為一個什麼樣的醫生和製作單位溝通。我喜歡奧利弗賽克（Oliver Sacks）寫的書，希望成為他書中所描述的那種醫生，以幽默的態度面對所有問題。」

最讓我驚訝的是她可以在電視娛樂圈裡，扮演一個充滿關懷與善意的醫生，而這其實是很難的。「剛開始，我做的和一般節目差不多，說句：『快，幫他噴一下』，噴一下醫療萬靈丹「海波噴液」（hypo-spray，譯註：故事中具有神奇醫療效果的設備）就解決了所有的問題。後來，我發現必須要做一些改變，我們必須增加一些生活小細節。」

「現在，我會希望和患者實際接觸，雖然這並不在電視授權範圍內。有時候寫劇本的人會要求我跟那些實際從事醫療工作的人談話；但我總是嘗試用另外一種方法，因為，如果我是那名患者，我會覺得很吵。」

　　對於扮演一個二十四世紀角色的人而言，邁克登想到很多二十世紀的醫療照顧問題。她說：「就目前的文化水平來說，醫療仍是個大問題，更多的技術並不表示可以解決更多的問題，心靈治療也是非常重要的部份。」

　　我問她，會不會因為飾演電視影集的醫生，而有不同的待遇？「喔，我一向都盡量除去自己神祕的地方。我通常會開玩笑的說：『是的，我是個宇宙醫生，而你需要更好的醫療保險才能接受我的診治』。」（譯註：美國的醫療保險，會因為投保程度的高低，影響你選擇醫生的範圍，除非你要自費看醫生。）

　　「當一些末期的兒童病患來後台參觀時，我特別感到無法勝任。他們盯著『三角器』（tricorders，譯註：故事中的治療器具之一）和『海波噴液』，而我心中想著，天啊，真希望這一切不是戲，而是真的具有神奇的療效，可以幫助他們解除病痛。」

　　她對於「星際大戰」中處理醫療問題的方式感到非常自豪，「在『人體冷藏法』、『安樂死』及老化的內容方面，雖然我們還有很多需要發掘的地方，但是，牙醫師呢?或者那些久病纏身的朋友們呢?人的壽命越來越長，我們必須想辦法幫他們解決病痛。」

　　雖然整個節目充滿了她所謂的「泡沫技術」（technobabble），但大多數的醫療原則和詞句都是正確的。我們談論關於「基因轉換」（genetic drift）、「神經母細胞」（neurobiology），以及最新的醫療研究問題。

「我希望呈現的故事是像『甦醒人』（Awakenings，譯註：台灣已經出版本書的中文版）這樣的節目內容，我們可以在節目中讓因不明原因和疾病而喪失知覺的人們，從無意識的狀態下甦醒，或者喚起他們某種程度的知覺。」

未來，似乎有著光明的遠景。我不會逼迫我兒子學醫，但是，我會很高興他和我一樣有正面的模範角色。

我很高興宣佈，即刻起正廠出品的「真實醫生」活動玩偶可以在各地玩具商店買得到。她告訴我：「你應該寫下這件事，我總認為，玩具廠方只出產男性的活動玩偶是很不公平的；女士也可以是一名醫生，也可以成為孩子的典範。」

結束與邁克登的談話後，我打算也去買一個玩偶，甚至於還可能慷慨的借我兒子玩一玩。

I Was a TV News Doctor

我曾主持過醫生節目

我必須在這裡向各位讀者坦承：我曾經扮演過電視上新聞醫生的角色，免得日後參選不得對公眾說謊的律師公職時被揭發出來。（譯註：作者將在電視上的工作經驗，視為一件見不得人的事情）

我不只一次上過當地電視台，老實講是三次，分別在兩家不同的電視台主持新聞節目。這並不值得驕傲，我必須特別聲明，我在節目中討論任何一個主題時，都是以有經驗的過來人身份發表對這件事的感想，這是和一般新聞醫生不同的地方。我想我不需要編造藉口，企圖將錯誤轉嫁給我邪惡的雙胞胎兄弟克拉克（Clark DePaolis，譯註：有的讀者看過作者在電視上出現。作者推說，在電視上的那位他另一個不存在、長得一模一樣的雙胞胎兄弟，試圖說服別人，自己並不曾上過電視）。

多年前，我通過演藝圈經紀人的試鏡，得到這份電視台的工作。不過，我很快的就被淘汰了。因為我想談論的是關於健康檢查和戒菸的問題，而電視公司需要的則是關於嚴重的醫療錯誤，以及存在居家周遭的事物、可能無形中造成死亡的故事。

試鏡後不久，電視主播要求我在新聞的醫療單元中露臉，我

同意了。當時我以為可以藉此提供人們一些重要的醫療訊息,再加上,我也和多數的人一樣很想知道自己在螢光幕前看起來是什麼樣子。

第一次報導的是關於減肥藥丸的新聞,內容集中在兩種新上市的減肥藥物;其實這些藥物基本上只是沿用安非他命為本質,然後換上俗艷的名稱重新販售。所以,當新聞背景畫面播映著雕塑身材的體操步驟,主播說:「減肥藥丸,你減重的新希望」之後,我在電視上告訴觀眾:這些藥物很危險而且會讓人上癮,肥胖的患者,應該將心力集中在運動而非藥物;全球90%的人口都同樣面臨無法減重的問題。如果我不這麼說,所有看見這段新聞的人會在隔天早上馬上打電話給醫生,要求開立這樣的藥物。

第二次,主播要求我談論如何「防止咖啡因上癮」的相關問題;我猜他們希望我告訴觀眾們,如何防止、並且維持健康。後來我才知道,這個故事其實是關於一名每天喝好幾加侖蘇打飲料的女士,他們希望呈現出這名女士喝著飲料,旁邊有一名具有間接醫療身份的人,說著每個人都可能會說的一句話:「乖乖,這可真是不少泡沫啊!」這一段令人吃驚的報導,同時出現在其它像是捏造出來的節目情節中;比如說,一個心理醫師表示,他特別迷戀紅色的甘草,或者是有一名男士特別迷戀書本,甚至只買書而不讀書!

我最後一次出現在電視上是報導熱門的「維他命」新聞。縱覽時代雜誌中,許多的維他命研究報導指出,「有些研究員發

覺，某些特定的維他命可能有助於預防心臟疾病。」主播已經把內容都寫好了，電視公司需要的只是一個穿著白外套的人說出最後的聲音：「維他命可預防中風。」

我知道這部份是捏造的，所以我在錄影的帶子裡所說的內容是：「有某些研究確實建議，某些維他命可能可以預防心臟疾病，重要的是，沒有人知道這句話是否屬實；然而，大量服用任何一種維他命，都不會是個好主意。」你永遠無法想像、也無從猜測，電視是如何製作這些片段；我的話經由剪接，只留下我在螢幕上翻動著嘴唇，就好像默劇的丑角做著男低音高歌的表情──甚至是像我這樣一個對電視新聞業所有的知識都是來自「播報新聞」（Broadcast News）電影的人，也知道電影裡的新聞播報員威廉賀特（William Hurt，譯註：美國名演員）在鏡頭前哭泣是假裝的；連我都知道這是很嚴重的毀謗。

現在，我知道自己在螢光幕上看起來是什麼樣子了，我看起來比較短小，而且愚蠢。

顯然，多數人不是從電視新聞的醫療資訊中獲取醫療建議，而是從電視節目中享受醫生看起來像傻瓜的娛樂效果。這也沒有錯，我想這大概也是你們買這本書的原因。只是，你不由得要想，為什麼這些人不根據正確的資訊來源來維持自己的身體健康？就算是電台擁有最好的主播，播報最新、引人注意的醫療問題，但那和現實狀況還是有差距的；抑或者是利用充滿想像力的電腦合成畫面報導出來的移植手術，也還是和實際狀況有

一段距離。

　　如果電台真的可以做得到，觀眾可能可以從電視新聞中，獲得有效且有用的醫療資訊，那我就不必害怕告訴人們，我曾經是個電視新聞醫生；搞不好我還可以重回節目現場。不過，大概是在我被提名為大眾律師後才有可能吧（不可能的事）！

Bad Medicine

用藥不當

每個人都知道，醫生的所做所為都可能在不久之後演變成錯誤的行為。究其源起，只因數百年前的治療方法，現在都逐一被證明是錯誤的行為。比如說多年前，人們認為剃光一半的頭髮，然後在頭蓋骨上挖個洞，可以讓惡魔跑出來；這樣的治療行為已經很多年沒有人做了，一直到在雷根（Ronald Reagan）頭上打洞為止。

目前許多醫學治療的方法，在幾年前是荒唐無稽的；確實，有許多事情甚至到了今天都還是令人覺得很好笑。舉例來說，古希臘名醫希波克拉底（Hippocrates）在說出「首要之務，沒有傷害」這樣的名言時，他真的壓根兒都不曾想過，在日後的社會會發生類似抽脂手術這樣的事情。

別懷疑，我就是馬克大夫！

"TRUST ME" I'm a Doctor

New Forms of Birth Control

最新避孕法

大多數人都認為自己熟知每一件避孕的事，其中很多朋友已經為人父母了。近年來，避孕法有許多令人驚訝的突破，雖然沒有圖片說明，仍然是令人興奮的議題，所以，我們就直接用寫的吧！

保險套

許多年來，保險套受到廣泛的尊重和愛用；雖然它們沒有變得比較容易使用，但它們越來越容易買到。這些保險套就吊在「TARGET大批發」（譯註：一種商場，商品價格類似台灣的萬客隆等大批發商價，但是不一定需要大量購買）的貨架上，讓人們可以隨手取購，而不需要回答那些多管閒事的藥劑師關於「避孕用具」的問題。

多數保險套主要的廣告對象仍針對女性。新的色彩、經過特殊設計的標章和時髦的印刷，甚至還有「比基尼」保險套，產品本身除了是色彩鮮豔的女性新潮內褲，同時也是已經裝置好保險套的產品（譯註：在翻譯本書的時候，國內已經有廠商進口內褲保險套這樣的產品），這種產品讓婦女同胞自在選購保險套。至於電視廣告，為了要獲取上流人士對產品品質的背書保證，以

開發新的市場，所以，多數的電台不准播放。

女性避孕保險套

多數新型的生育控制方式導向於以藥品為主，越來越多的女性同胞傾向於請醫生指導新的研究、和新產品的使用方式。

這樣的趨勢，使她們越來越無法接受老舊且專為男性設計的避孕方式，比如說消費者使用多年的「子宮內避孕器」（IUD）。子宮內避孕器是一種放在女性體內的水壓裝置，功效就像道路工程人員在州際公路上所做的事一樣。（譯註：阻礙交通）

最感性的新發明是科學家們針對女性同胞所設計的保險套。（接著而來的，我們可能就會有女性足球聯盟和以『三密探』（The Three Stoogetts）為主題的女性密探電影。）新的女性避孕保險套著重避孕功能，它的外型比老式保險套還要可笑；請想像一下，原始保險套一盒24個的包裝，然後再想像一下，一次裝24個保險套的塑膠袋包裝。對多數女性而言，最主要的問題是要到哪裡找這麼大的皮包來攜帶保險套？

這些新產品讓女性朋友在享受性生活的同時也可以控制生育。畢竟，真正有效的生育控制是在剛開始的「門檻」。（你必須懂得對異性朋友說：『謝謝你，我今天玩得很開心。不要打電話給我，我會打給你。』）

口服避孕劑

　　口服避孕藥的使用，已經超過30年了，除了包裝方式以外，大體上沒有多少改變。正如多數朋友所知的，這個藥物並不像一般的藥丸一樣用小罐子裝，現在除了傳統的橢圓形和矩形的標準包裝以外，還有菱形和正四方形的包裝，如此一來，可以讓人覺得這些藥物好像永遠有用不完的包裝設計。

　　另外一項重要的改變是藥物的持久性。第一顆避孕藥丸問世以來，其中的雌性激素含量使得女性在月經期間變成一個沒有生命的物體，迫使醫生不斷降低藥物的劑量。現在，除了迷你藥丸和「微」迷你藥丸以外，還有含量最少的「超微小型」藥丸，雌性激素劑量雖然少，但是在人體上所產生的效果，還是用肉眼就可以看得出來。

「羅姍娜」（Roseanne）節目

（譯註：美國出名的電視訪問節目）

　　雖然就技術上而言，這個節目不算是一個生育控制裝置，不過，觀看這種性質的節目之後，戲劇化地會降低人們對「性」渴求的慾望。

RU-486

　　「RU-486」是非常有名的「法國墮胎藥」，擁有快速而安全的

104

懷孕中斷功能以及一些副作用。除了某些人偶爾表示讚賞外，
「RU-486」一直是男性律師和法官之間爭議不斷的法律問題中心
點。該藥品製造商的研究指出，這個藥物是安全的，應該在全國
公開販售；只不過該公司的總裁主管指出，經由持續的市場分析
調查顯示，企業界偏向於認為還需要更多的分析。總而言之，沒
有人願意在醒來的時候，在自家門口的台階上發現50萬份來自
「生命的正確選擇」（right to life）團體的抗議名信片。（譯註：
抗議避孕或墮胎的社會團體）

諾普蘭（Norplant）

這是一組6支具有醫療效果的小桿子裝置，移植在女性手臂
皮膚裡可產生避孕的效用。廠商表示，這種產品提供安全而有效
的避孕法。

男性生育控制

現代女性有充分的發言權，也因此有許多新的避孕方式是針
對男性發明的。多數的避孕方式是和男性的生殖器官有關，這可
不像說起來這麼簡單。因為女性同胞只是每28天生出一個卵子；
而男性卻是不斷地產生精子，有時候，甚至是外在毫無關係的因
素也會產生。

超音波治療法、疼痛的輸精管結紮、以及注射女性荷爾蒙
等，都在某些男性身上實驗過，當然多數是醫學院的學生。實驗

別懷疑，我就是馬克大夫！
"TRUST ME" I'm a Doctor

的結果一直令人相當沮喪，但是研究人員似乎下定決心要繼續努力，期望找到正確的綜合法來調和不適用和不方便，讓男性和女性同胞一樣，有眾多避孕方式可以選擇。只是經過這麼多年以來，這個希望一直還只是個未曾實現的神話。

Nicotine Gets under Your Skin

尼古丁 從皮膚潛入你的身體

最近收到許多讀者來信，提到關於尼古丁貼片（nicotine patches，譯註：一種像是OK繃的貼片，廣告中宣稱可以讓使用者戒菸。）的問題；面對雪片般的來信，首先要感謝無數的電視媒體和平面廣告，因為這些傳媒廣告在介紹產品的同時，也呼籲消費者們要「詢問醫生的意見」。

先讓我們來看一下當中的某些問題，此外，我會再額外贈送一些優待，加上問題的答案。（譯註：這種語法是參照廣告上最常見的說辭，一般的廣告，應該說，幾乎所有的廣告，都會加上”額外贈送”的優惠，讓人不知道到底是外加的，還是已經成為廣告手段之一）

問：這些貼片到底是什麼東西？

答：醫療貼片不是什麼新鮮玩意兒，多年來我們可以在測量血壓和荷爾蒙時見過貼片式測量法，這種貼在人體上的玩意兒，通常是為那些會忘記吃藥的人設計的。這些朋友選擇貼片，並不是因為他們相信這些貼片有效，而是因為不必強迫自己去記住不同的吃藥時間。不論醫生怎麼說，沒有人會真的相信，人們可以像紙巾吸收水分一樣，從皮膚吸收藥物。

問：這些貼片有效嗎？

答：尼古丁貼片據說保證百分之百有效。是的，它們具有讓身體確實會得到尼古丁的功效。

問：可是尼古丁不是有害人體嗎？

答：尼古丁並不比致癌的安非他命物質更糟糕。

問：既然如此，這些貼片如何幫助人們戒菸呢？

答：貼片提供另一種獲得尼古丁的方式，就好像「尼古丁口香糖」一樣。使用之後，不需要仰賴香菸就可以滿足菸癮，而且牙齒不會斑黃，笑起來牙縫間也不會像是保齡球道。這種貼片還有個好處，它不會像「尼古丁口香糖」，萬一不小心睡著了，早上醒來它可能就黏在頭髮上了的煩惱。

問：使用期限有多長？

答：經過謹慎的研究，製造商建議，使用貼片的有效期限就等於患者願意花錢購買的時間，但絕不能超過。他們遲早都必須放棄貼片，而且經過煎熬之後，許多人所選擇的方式是改抽雪茄。

問：使用貼片有任何副作用嗎？

答：最主要的副作用就是全身佈滿了大大的紅斑點，讓你看起來就好像是被一隻渴望愛情的章魚攻擊過一樣，而且這樣的紅斑可能要在你身上待上一段時間。

問：價格貴不貴？

答：有一項不可思議的比較：每天貼一張貼片的費用，就和抽一
包半的香菸一樣。（這個價格，還不包括使用貼片後必須進
行的化學療法的附帶花費。）就好像你沒有經過比較就從事
許多運動，而導致運動傷害一樣，例如：你沒有比較過「騎
腳踏車」和「滑懸掛式滑翔機」就直接選擇後者。當然，這
些活動在各地都像抽菸一樣普遍，而且很多人玩懸掛式滑翔
機也沒有發生過意外。

問：保險給付項目中，包不包括尼古丁貼片？

答：「通常不包括」，這個答案令很多抽菸者沮喪，他們已經感
覺到，支付健康保險費用真的是一件很浪費的事，尤其是他
們必須把大筆的金錢花費在人工呼吸機和氧氣罩時，這種感
觸將更深刻。

問：我們可不可以貼著貼片抽菸？

答：當然，絕大多數的人都可以同時做兩件事；雖然很可能會有
人因此而中風死亡。既然最可能讓人們戒菸的唯一方式是讓
抽菸者緊急送醫，同時在加護病房待上幾個晚上，因此，製
造商建議消費者，不宜在貼著貼片的同時繼續抽菸。

問：這種尼古丁貼片適用於每個人嗎？

答：根據藥物公司的說法，答案是「否定」的，他們並且要求醫
生小心選擇適用的患者（那些皮膚長在身上的患者）。既然
不是每個人都適用，大概也就說明了為什麼總有人在多次試

用無效後，又開始抽菸的原因。並不是每個有菸癮的人都願意成為一個像是菸草團糾結而成的玩偶，或像是稻草紮成的菸草人，這些人說得出百萬種抽菸的害處，尼古丁貼片正是因應這些拒絕成為大玩偶的人所產生的。

問：是不是一定要看醫生？

答：是的，擁有一份完整的病例以及徹底的檢驗是很重要的，反正醫生還會幫你寫一些處方。醫生們知道尼古丁貼片對你不好，但還是比抽菸要好上許多。除此之外，我們的社會嚴格控管類似尼古丁這樣的危險物品，畢竟，也還不至於讓任何一個16歲的年輕人，走進街角的便利商店便可輕易的買到一些尼古丁。

問：所謂「嗜睡」又是怎麼一回事？

答：為了成功戒菸，戒菸者必須成為一個非常優柔寡斷、意志不堅，同時容易接受別人意見的人。事實上，在我手上這本小冊子裡多數的人……會有一點點……想睡覺，「昏睡狀況」是戒菸的最佳方式，人們在昏睡中可以產生絕佳的戒菸效果。至於為什麼？……請教你的醫生吧。（譯註：作者也睡著了）

Arm Hair on Your Head

手毛長在頭頂上

人們總喜歡問我：「為什麼你的專欄從來不寫一些嚴肅的醫療危機，例如：嚴重限制國家經濟的危機，或是威脅到國家整體醫療健保系統的危機？」同時他們也會問到：「頭髮稀疏該怎麼辦？」

我給他們的答案是：觀看深夜的電視購物頻道。這些半夜播出的節目，研究許許多多非常嚴重的禿頭問題，而且幾乎每個晚上都會有許多的結論，總之這30分鐘的資訊節目是專為關切頭髮稀疏的消費者所設計的。

我之所以會知道這些節目是因為，每個晚上「今夜現場」（Tonight show）播出時，我都在沙發上睡著了（不包括喬•雷諾《Jay Leno，譯註：美國某晚間秀場的主持人，其評論通常十分尖酸刻薄》演出的部份），當我醒來時，節目時間已經過了，而廣告通常會順理成章的超過實際節目延長個2到3分鐘。接下來我會觀賞「醫療新知」（Info-Mercial）電視網，這個節目和廣告都好像發生過突變，或者經過一場大融解，全都混在一起。

我看到一大群男性朋友正在從事許多充滿活力的運動，剛開始時，我以為他們全是一家人——就好像不小心遇到某個奇怪的

錄影帶家族大聚會，後來我才發現，他們之所以看起來都很像是因為他們頭上都戴著毛茸茸的齧齒動物毛皮。

　　這就是深夜播出「頭髮俱樂部」（The Hair Club）電視節目。節目中光頭的男士們現身尋求幫助，他們看起來都非常高興加入這個俱樂部，彼此之間不斷的談論著自己以前光頭時是多麼的悲慘，當他們重新擁有頭髮之後，我所說的是重新擁有連接在頭頂上那些毛茸茸的東西之後，又如何過著完美的生活。其中有個人看起來特別特別開心——不僅是因為他是這個俱樂部的領導者，同時也因為他是展示齧齒動物毛皮的會員，而他所擁有的是最大的毛皮。

　　當然不是每個人都會對毛皮感到滿意，有些甚至會要求真人的毛髮，而不只是一大坨毛，因此就有人問我「藥物」的問題。

　　其實，沒有人真的站出來當面提出問題，他們通常利用社交聊天，若無其事的把所有問題講出來，而且還是在相互取笑的時候提到問題。他們會指著一個頭皮看起來受過傷的行人說：「瞧瞧那個傢伙，好一個西瓜。哈哈，他應該約醫生開一些藥物。哈哈，可是，那藥並不真的有用，不是嗎？」

　　這個對話中所謂的藥物指的就是「民諾得爾」（Minoxidil），唯一一個經過美國食品及藥物檢驗局核准，專治禿頭的藥物。不但沒有人可以大聲的說出這個名字，就連電視廣告都將它說得像是需要經過國際安全檢驗才能取得的處方。人們會以為：「這個

藥物一定是強而有效的產品囉！因為他們甚至不能在電視上公開藥名。」

同時，不只是男士有禿頭的問題，「民諾得爾」的廣告也有女士演出，她們也都在攝影機前點頭贊成。這些新的廣告內容含糊曖昧，看起來就像是在廣告女性的衛生用品一樣。

「這個藥物有用嗎？」我試著回答：「是的，有一點用。它的效用就和其他人所推薦的產品一樣，例如那些保證會讓你的『牙齒白得比白色更白』。」

瞧瞧你的手臂，有沒有看見許多細微的毛髮？你可能需要朝著燈光，調整一下角度才能看見。瞧，就在這裡，看見了沒？「民諾得爾」藥物能讓你長出來的就像這種毛髮。它們能維持多久呢？只要你每個月大概花55元美金，持續的使用這個藥物；當你停止用藥，這些小毛髮就會掉光光。

是不是真的有人希望手上的毛長在頭上呢？事實證明，答案是肯定的。不管聽起來有多傻，多數的朋友還是相信，再小的毛髮都比光頭要好的許多。只要有一絲希望可以長出頭髮或任何毛髮，許多人寧可花大把大把的鈔票，這也就是為什麼頭皮上的戰利品這麼有代價。

其實這也就回答了朋友喜歡問我關於整個醫療體制的問題，因為保險公司不負責賠償落髮的治療費用，導致數以千萬的個人

別懷疑，我就是馬克大夫！
"TRUST ME" I'm a Doctor

財產流入醫療保健產業。所以，朋友們，你們就不必再問我這些
嚴肅的問題了。

Like Sheep to The Pharmacy

綿羊上藥局

我喜歡帶小狗去獸醫院，因為我享受到的快樂比狗狗還多。我怎麼看得出小狗的心情？當車子停進獸醫的停車場，小狗的四個爪子馬上壓住車門開關，我必須硬拉牠進獸醫的大門，地上還留下深深的抓痕。

進到那小小的房間，我總喜歡花些時間觀察我和獸醫之間的工作差別。我們治療許多相同的疾病，我從藥櫃子上的藥品名稱認出許多相同的藥品，連診療器材都和我辦公室裡的差不多，唯一不同的是那個長及手臂的塑膠手套，以及這個巨大的蚌殼式鐵夾。而除了擺在獸醫室中間的那張鐵桌子外，獸醫院給我的感覺就好像回到家裡一樣。

這也就是我對最近一個關於抗癌藥物「樂凡米索」（Levamisole）的報導，感到非常訝異的原因之一。這個戲劇化的醫療突破報導中指出，該藥可以大幅降低結腸癌復發的機率，雖然一年的藥價高達1,495元美金，但對某些人而言，這個藥可能可以救命。（譯註：Levamisole，驅蟲劑，用途為預防多種感染症及控制癌細胞轉移，驅除蛔蟲、鉤蟲、糞圓蟲。）

我的獸醫更訝異，他非常了解「樂凡米索」。過去20年間，

別懷疑，我就是馬克大夫！
"TRUST ME" I'm a Doctor

他開這種藥給綿羊驅蟲，一年的藥費只需14.95元美金，等於是人類的百分之一而已。這個價差是由美國伊利諾州一位女士揭發的；患有結腸癌的她有一回正好瞧見綿羊的迴蟲藥名稱，才發現原來他們所吃的藥是一樣的。我肯定她一定也很訝異，尤其她已經把錢付清了。

剛開始聽到這個狀況覺得似乎還蠻有道理的，畢竟綿羊不懂得賺很多的錢，而且也根本不在乎腸子裡有沒有蛔蟲。反正人類食用的藥物改開在動物身上，因為包裝不同，價錢也就便宜了一點；有時動物的藥丸還比較大顆呢（『馬食藥丸』像小馬那麼大顆的藥丸）！不過，這個藥物不但和人吃的一樣，而且還是同一家藥廠所生產的。

造成「樂凡米索」不可理解的價格落差，唯一的原因在於——人們甘心付出這個金額。

結腸癌是國人癌症死亡原因的第二名。多數的患者經歷多年的抗癌經驗——手術、雷射治療、化學治療，只要有任何阻止癌症復發的機會，他們寧可花錢，這其實也挺公平的。不幸的是，藥物的價格和「公平」一點關係都沒有。「諾普蘭」（Norplant）一種可以植入人體、藥效達5年的避孕藥，在芬蘭只要5塊錢美金，在美國人們卻寧可每個月花10元美金在避孕藥丸上，也就是說，5年就得花上美金600元，受到市場不可思議的力量引領，諾普蘭在美國的價值高達600元美金。

　　藥物的價格其實是根據人們的需求和藥物供應量的多寡而定。除非患有結腸癌，否則根本沒有人願意付10英鎊買「樂凡米索」。所以這些藥只是特定的人在用。

　　並非每個有需要的人都付得起這個錢，有的患者拿醫師的處方到獸醫那裡，要求一種比較合理的價格；其實如果自己養幾隻羊，並且讓牠們腸子長蟲，這個花費還會更便宜些，因為，只要牠們長蟲，你就可以分享牠們的藥；而這還不包括羊毛帶來的額外收入。

　　強生製藥公司（Johnson & Johnson）發表立場表示，他們需要較多的金錢彌補額外的研究開銷。其實大多數重要的研究是由國家的癌症研究機構（National Cancer Institute）執行，這個機構所有的經費來自你我、以及那些需要這個藥物避免癌症復發的患者所繳納的稅金。而該公司在過去25年銷售這個藥物已經獲得龐大的利潤，這筆錢足夠幫每個研究室裡的狂人買兩個寫字夾板，看清楚不只是一個哦！然後，還有足夠的錢幫每個人員買一份冰淇淋。

　　其實這些錢用在新的廣告競爭——新的市場研究、新的包裝、挑選時髦的新名稱，以及數以百萬份贈給全國癌症醫生的小禮品。

　　醫生不見得會接受這些小禮物。癌症專家通常都屬於不活躍的一群人，而且都已經知道「樂凡米索」的底細。其中，明尼蘇

別懷疑，我就是馬克大夫！
"TRUST ME" I'm a Doctor

達州羅契斯特市瑪雅診所（the Mayo Clinic in Rochester,Minnesota）的查理醫生（Dr.Charles Moertel）就曾經在全國性的會議上大發脾氣，他稱呼這種價差行為是「不知廉恥」。讓這個藥物通過美國國家食品及藥物檢驗局核准的成員之一墨特（Moertel）表示，該公司承諾將產品定位在一個「合理的價格」，這樣的承諾很快就跟羊肉一般腥臭。

當然，就算是綿羊也不見得可以長久享有這個低價的好處。某些健康醫療保險公司開始提供寵物健康保險，到目前為止，多數的保險條款都是針對一天到晚汪汪叫、吵人的小型貴賓狗設立，通常這些小狗的耳朵上還綁著緞帶；不過，總有一天保險的範圍會擴大到農場的動物。如果真的一語成讖，我可以跟你打賭，便宜的「樂凡米索」將成為過去式。

Fat-Zapping Lasers

新潮雷射脂肪切除術

當地醫院最近有一項全新的整型手術，使用雷射除去一位男性患者腰部部份脂肪。這是第一件結合雷射切除的高度技術，迎合全美瘋狂消脂狂熱。

根據發佈的消息， 45分鐘的手術中，雷射切除了兩磅的肥油；根據該醫院的數字，這項手術至少花費700塊美金，也就是每磅脂肪得付出350元美金的代價。

聽起來好像要付一大筆鈔票，但既然人們每年都要花費類似的金額在健康溫泉澡、減肥計劃、營養補給品，以及夜間電視購物頻道中的減肥運動器材，開刀手術至少還可以看得到明確的實體結果。手術結束後，只要你不介意那一團混亂、油膩，你可以雙手捧著兩磅的肥油，感受一下它的存在，這真的是「大膽機減肥器」（gut-buster）無法給你的膽量。

「大膽機減肥器」除了有時會有彈簧彈出，或者門去撞到某個人外，多數類似這種「減肥快速成功」的計劃是無害的。我聽過最怪異的減肥計劃——每天吃30個葡萄柚，許多人無法長時間進行這計劃，而且多數補充營養的替代品難吃到沒有人真的可以把它整罐吃完。唯一的損失是錢，或者更悲慘的——很多錢。

不管怎麼說，雷射脂肪切除手術和其他所有的手術一樣都具有危險性。數據統計上，全身麻醉是非常安全，但同樣還是有危險性。雷射的技術只是讓取出肥油的過程比較整齊些，但並無助於降低危險性；總之，我懷疑「只損失一點點鮮血」的說法。不過，你不由得不考慮抽取脂肪的區域；根據報導，脂肪是從所謂「愛的把手」──男性同胞腰際的兩邊抽出。傳統以來，這個懷抱著自己腰際的「義肢」就一直折磨著男士們，讓他們倍受困擾──無法看起來比實際年齡更年輕。男士們對這個懸掛在皮帶上晃動的腫塊，沒有任何的「愛意」，許多朋友甚至不惜任何代價要除去它。

所謂不惜任何代價仍必須是在合理的範圍內。如果沒有某種外科手術可以燃燒掉7,000卡路里，相當於兩磅肥油的熱量，就意謂著你必須持續一個月每天步行兩公里，才能擺脫這些熱量。你不能指望忙碌的朋友會為了消除幾磅的肥油，而花這麼多的功夫，尤其是他們知道只要寫一張支票，做一些外科手術，躺著不必動就可以達到同樣的效果，他們何樂而不為。

光看這件報導的表面，這項新手術很可能會成為全國整型醫院最暢銷的項目，它讓患者可以在一天之內進出醫院快速地完成手術。成為脂肪抽除手術的患者可能會有點不好意思，別擔心，醫院的病歷紀錄是昂貴、而且保密的。整型手術最重要的基本前提就是金錢無法阻擋人們要變得更美麗的渴望，縱使是很多、很多的錢。

　　如果這種手術是正確的，雷射除油將會在全國各處廣為流傳。人們會擺脫困窘的心情，開始在雞尾酒會和鄉村俱樂部裡談論身上的雷射光束傷口；並且對「愛的把手」產生真正的愛意。然後，每天走路距離不會超過從座位到冰箱的先生女士們，都會擁有纖纖細腰了。

　　因為這種手術，未來會有更多的患者在離開醫院時，減去身上少少的幾磅重量，也同時減去多多的金錢。說真的，他們手術後並不比手術前好看多少。

Dog Surgery

愛犬挨刀記

醫學院最近宣佈，決定在學校實驗課程中減少用動物做為實驗對象，這消息令我家小狗和我都非常高興。

雖然我在學生時代也曾多次做過狗的手術，但是整個手術過後，除了牠們是一隻狗的事實之外，我真的記不起來還學到了什麼。跟多數人一樣，沒有狗喜歡動手術；主要原因在於整個麻醉的過程裡，他們必須把小狗壓平在手術檯上。

如果可以由我們決定，我們會選擇讓牠們走。醫學院學生手術的動物存活率很低——零。老實說，多數的醫學院學生不可能成為外科醫生，換種說法，就算是靜脈注射都是非常冒險的行為。對醫學院學生而言，對狗動手術就好像看著北京狗被割草機碾過，然後在旁邊做筆記一樣。

去年夏天，當我的小狗需要動手術時，我深深思考過這樣的問題。小狗的膝蓋韌帶扯斷了，這樣的傷勢就很像發生在美國全國橄欖球聯盟（NFL）球員在後場練習跑步時，衝刺間忽然看到一隻松鼠，為了追趕牠而扭斷了的韌帶一樣。有一回，大概是三月六日的時候，我家小狗飛奔過長滿草地的小丘，然後消失在視線中。雖然我認為小狗可能也看見了松鼠，但根據獸醫的說法，

小狗可能是踩到了坑洞才弄斷韌帶。不管什麼原因，小狗回來的時候，只用三隻腳，第四隻腳就像加熱後軟化後的義大利麵，懸掛在身體的下方。

小狗的手術過程我全程參與，而且小心翼翼地不讓自己拿到任何尖銳的東西，我不動手是因為曾經有過兩次幫狗動手術失敗的經驗。獸醫的手術過程，每一件事都比較輕鬆。舉例來說，當醫生穿上消毒手套擦洗雙臂和口罩時，其他人還可以在手術房裡走動，這表示有史以來頭一遭我可以不用因為不小心摸到自己的鼻子，而被趕出手術室。

雖然我經歷過很多次動物手術，卻從來不曾看著自己心愛的動物躺在手術檯上。我可不建議讀者嘗試這種經歷，因為你會問很多問題，包括手術的呼聲是什麼意思，或者氧氣口罩停止鼓動時是怎麼一回事。

整型外科手術不是一項嬌貴的工作，老實說，許多整型外科手術的器材和現實生活中零售商的電動器材一樣。看著手術的過程，就好像看著碼頭工人幫雞去骨頭一樣，我到現在都還記得，我家小狗的膝蓋被完全打開，露出裡面撕爛扯碎的韌帶。我太太則警告我，不可以在晚飯時間重述這個過程。

總之，手術非常成功。手術完成後，獸醫告訴我一些復建應注意的事項和原則。每一個人都知道，動過膝蓋手術的人，舉止應該小心謹慎，按照步驟進行復建的計劃，這是重新獲得力量和

恢復正常狀況的重要原則，狗也一樣。

第一個禮拜

　　患者側躺著，就像高速公路上被撞死的浣熊一樣，當氣流繞過腳部傷口時才會嗚咽不止。瞧這個白痴主人，他還以為擁有醫療學位就比較知道傷口的事情，還解開部份繃帶，以為可以讓我的腳更舒服一點；然後主人打電話給獸醫，因為我的腳已經腫得像道奇雄偉的包廂車了（Dodge Grand Caravan）。

第二個禮拜

　　最後一條繃帶解開了。我的腿瘦得像是在太陽下晒了兩個禮拜的水煮火雞腿，唯一不同的是我腿的味道超級難聞。主人嘗試著檢查我的傷口，擔心傷口縫合的地方會迸開，結果他不小心弄開了幾個傷口的縫線。

第三到六個禮拜

　　患者被監禁在房子裡，在屋內用三隻腳蹣跚跛行，同時創下了好幾項室內田徑運動的世界紀錄；還學習到如何利用受傷的腳裝成可憐的樣子來換取點心。

第七個禮拜

戶外復建運動開始。階段一：患者謹慎小心的踏出第一步，小心的用爪子碰觸地面，試試力道和穩定性，一直到主人確信安全、放鬆狗鍊為止。階段二：在另一個院子裡看到另一隻松鼠，無視於背後主人的尖聲亂叫，以接近超音速的速度衝上前大聲狂吠。接著，開始在鄰居的院子尿尿。

學生時代進行狗手術時，從不知道狗兒如何復原，因為沒有一隻有機會康復。很幸運的，我的狗不需要我幫助已經恢復健康。牠開始重新使用膝蓋，所花的時間差不多和蜥蜴重新長出整條腿的時間一樣。牠已經可以從事一些費力而繁重的工作，像是對著空中飛過的飛機亂叫一通，以及睡在我們的衣服堆上。

我已經看夠了小狗動手術。我很高興學校開始喊停，不止是省錢，更省下狗兒們，反正一定還有其它的方法可以教導醫學院的學生。我們當學生的時候就經常彼此練習抽血的技巧，如果我們也讓現在的學生們彼此練習動手術的話，他們就會知道，不管是多數的人們或者狗兒，沒有生物喜歡被拿來開刀。

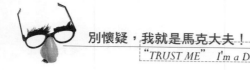

Medical Impressions

醫學印象

這年頭，人們普遍不喜歡醫生，雖然他們可能還蠻喜歡他們自己的醫生；但整體而言，不論醫生的名字後面有沒有特定的「醫學博士」執照名稱，醫生給人的印象一樣是愛炫耀、傲慢自負，並且高傲不羈。

　　雖然醫生已經不像以前那樣受歡迎，但人們仍然喜歡醫生勝過於律師；律師大概是全宇宙中最受鄙視的行業。就算是寫外星人專欄的醫生、或者畫漫畫的醫生，理論上都可能在你發生車禍倒在路邊的時候幫你一把；反之，律師們只會控告你阻礙交通，以及不當流血。

Was You're Doctor a Major Geek ?

你的醫生是不是個
頭腦優良的**大怪胎？**

不論何時，當我企圖說服對方我真的上過醫學院，對方都會反問我一件事：醫學院裡的醫生是不是都是超級大怪胎？很不幸，而且很悲慘的，答案是：沒有錯。

已經找不到更好的形容詞來形容一般的醫學院學生。想想如果不是個怪胎，誰會帶著病理學教科書來參加父母的結婚週年舞會？或者在百老匯歌劇中場休息時間閱讀微生物學的幻燈片？又有誰會站在女伴的浴室門口等待約會時，當眾朗誦生物化學酵素的名字？請記得，這些人是用國家經費，命令醫院的實習生做一些貶低身份，甚至是噁心事的人。

縱使剛開始不是個大怪胎，醫學院很快的就會把他們變成怪胎中的一個。我入學時，有幾個和我一起進入學校、看起來還蠻酷的，至少對我而言是蠻酷的同儕，短短的幾個月之後，他們都做好充分的準備，準備成為一個徹底的白痴。有些人樂於接受這樣的演變，有些人則掙扎、抗議，而且尖聲怪叫，不過他們全都集合在同一個地方——怪胎城市（geek city）（譯註：geek city，指奇怪但卻聰明的人）。

別懷疑，我就是馬克大夫！

"TRUST ME" I'm a Doctor

　　我知道多數人都希望，他們的醫生永遠是能幹、善解人意的意見提供者，就像眼前所見的一樣，他們寧可相信自己的醫生在小時候就會說拉丁文，在小學五年級的時候就能在上口譯和詮釋「MRI磁共振顯像掃瞄」的內容。（譯註：MRI，有兩種解釋，一為磁共振顯像，一為中度腎功能不全）

　　事實上是沒有人一出生就知道這些東西。你的醫生，不管是男醫生或是女醫生，所知的醫學常識都曾經和你一模一樣。事實上他們所知道的可能還比你現在少。

　　事實的真相可能很嚇人，尤其是你愈來愈老而且愈病愈重的時候，但也並不一定是絕對的。每個人的出發點、立足點都一樣，對任何事情所知無幾，必須有人教導他們，這也就是為什麼設立這些機構來學習更高的醫學常識，也因此設置了教授連環漫畫書常識的專校。

　　所以，請你下次在某一個街角瞧見一群醫生時，盡量不要去招惹他們。請記得，他們成為大怪胎只是一種掩飾而已。

　　此外，沒有人認為醫生就注定一輩子是個怪胎，在同學會的現場，這些完成學業，然後回歸到充實且有益的生活環境者也大有人在，甚至有的人還養成了另外一種嗜好，或者開始喜歡看電影。其中有些老同學已經會把病理學課本留在家裡，而不帶去舞會的現場，或者至少會把課本放在後車廂裡。

L.A. Medicine

加州醫學印象

又到了審視醫療發展最新趨勢的時候了，就如同為了方便閱讀而展示在門外的告示板一樣，上頭所告示的內容主題，通常是你必須（1）重頭到尾讀一遍，反覆謹慎的看那些最新的醫療文獻，它們通常都是分子組成和生物學理論很重要的內容；假如你很懶的話，那就（2）到加州走一趟。

我剛從加州回來，那是一個走在路邊不小心就會被亂槍掃射的城市，而我能告訴你的是，西海岸正經歷著重大的社會劇變。舉例來說，人民生活中的三明治已經不再夾著紫花苜蓿的嫩芽，取而代之的是未經公民投票就被擅自切得細小修長的紅蘿蔔碎條。

當地戶外的醫療廣告也有顯著的改變。加州的醫生利用告示板來廣告他們的看診過程，同時藉由這種方式獲得轉診的新患者。在美國中西部，你很少在告示板上看到醫療照顧的資訊，除了脊椎按摩師巨大的特寫照片，這個廣告讓他看起來像是梅西百貨公司（MACY'S）花車遊行裡的氣球。

反觀加州，你開車時會突然發現自己正面對著巨大的胴體，而這並不稀奇。比如說，戶外告示板上「內視鏡檢查機構，一個

入侵人體最低程度的手術中心」的廣告，主角是一個頂尖的模特兒，擁有平坦漂亮的下腹部，肚臍下面有一個非常小的OK繃。據我所知，任何一項內臟器官的手術都不可能經由這麼小的開口進行，時裝模特兒畢竟還是和我們平常人不一樣。在加州，戶外告示板上有各種專業醫療的廣告，甚至還包含了一些不存在專業領域。加州所提供的健康照顧，從治療疼痛到頭髮移植等，通通都是很痛的。

他們甚至有個廣告叫做「疼痛殺手」（the Painkillers），由一群醫生護士所組成打擊疼痛的團體。他們穿的連身衣褲有一個很大的標誌，同時還有高科技抗疼痛的機器；該單位的電話號碼「1-800-800-PAIN」還用像魔鬼剋星這麼大的白色字體秀在衣服上；（譯註：800號電話，美國全國通用的免付費服務電話，在國外的電話按鍵上，每個按鍵分別代表3個英文字母。此電話號碼，英文字PAIN是指在鍵盤上以英文標示所代表的數字。）我很想打一通電話試看看，只是很不湊巧，我開的車是租來的，而「租車」是全加州唯一沒有行動電話配備的車子。

正如我們在電視上看到的，「洛城法網」（L.A. Law）裡的律師處理的都是與現實生活相同的案子，例如性生活、離婚，以及和離婚的律師發生性關係等等。

但另一方面，加州醫療處理的是一些荒唐詭異的療法。加州人找營養分析治療師的頻率就跟其他地方的人看牙醫一樣的普遍；他們連在回家的路上都會遇到治療醫師，接著再去看頭髮蛋白質的分析師。針對忙碌的患者，有些告示板還提供免停車的醫

療購物，其中有一家先進的診所，提供四個加州最主要的專科醫生廣告：「所有有關健康醫療的消息都用圖片說明：內臟醫療、脊椎按摩醫療法、針灸治療法以及先天免疫不良症候群治療。」

最恐怖的是，過去100年，加州成為每個主要社會趨勢的主流地點，打從滑板到肚臍上穿洞戴臍環的「後流行」（retro）潮流等等，每一樣駭人聽聞。基於某種不知名的原因，加州總是可以決定下半世紀其他人應該要做什麼，這是非常可怕的；請不要忘記，是這些人選雷根（Ronald Reagan，譯註：前美國總統）當了他們4年的領導者。這是個什麼樣的城市呢？連他們最主要的報紙——洛杉磯時報都會在運動新聞版刊登「專科醫生的領導者」廣告，廣告內容指出，這名醫生可以提供手術，增大部份男性朋友的骨骼特定度。（美夢可以成真，但是，僅限男性）

我想所有問題的原因在於，同一個地方住著許多極富有的人，以及極貧窮的人。在美國，每個地方、每個城市的生活狀態都是不公平的，但加州的差異最顯著。在加州，開著保時捷的人必須在停車的時候，小心不要壓到那些無家可歸、窮到必須睡停車場的可憐人。

在此同時，其他地方的人們仍然引領企盼，下一次加州將會引導出什麼樣的流行風潮。我們依照電視影集「飛越比佛利」（Beverly Hills 90210）的成功，以及女士們醜陋的平底鞋來判斷，過不了多久，全國同胞開著車一路上都會看到滿街的告示板。最後我能說的是，如果你沒有行動電話，趕快去買一支吧！（譯註：表示在加州，幾乎人手一隻大哥大。）

Building Better Boneheads

讓自己的笨腦袋**更強壯**

（譯註: Boneheads為頭骨之意,同時隱喻愚蠢。）

如何引起醫療騷動：

第一步

想出一些愚蠢的觀念，什麼內容都可以；事實上愈蠢愈好，例如，地心引力會造成癌症，或者，牛奶對小孩有害。

第二步

找一些行為極端、名稱類似醫療機構的團體來同意你的看法，而且機構中至少必須有一位醫師，這樣才可以引用「醫療人員」之名，譬如你可以說「來自良好醫德機構值得信任的醫師」。只要有這樣的成員及單位名稱，聽起來就非常值得尊敬，而且其中的成員都戴著領帶、看起來人模人樣，所以不用在意這機構建議患者進行驅邪和放血的治療方法。

第三步

召開記者會。找一群服裝就已經傳達出「牛奶是壞東西」的人，尤其是宣讀研究報告時，這些人還會喃喃自語大概350遍，

強調研究的真實性。如果可以找到一位出名的老醫生（無論他是否在1953年執業），只要請他坐在會議桌的角落，也有助於擴展小兒科的常識。

第四步

讓乳酪工廠發表反對聲明，附帶2000頁的報告，只要有人看得懂全部內容，也能證明一丁點理論。

第五步

記者會。確認乳酪工廠的員工會出席這個記者會，讓他們看起來一點都不莊重，同時把氣氛搞得不尋常，就像國會議員被抓到和銀行弊案有關一樣。

第六步

通知電視台。他們會製作一個深入且徹底的特別報導，同時承諾揭發「事實的真相」。他們會把事實的真相做一點點的扭曲，讓每一個觀眾覺得困惑。報導內容會包含：訪問從雜貨店買了牛奶走出來的客人，以及電視醫生滿懷憂慮地抱著一整箱的牛奶從階梯走下來的鏡頭。這樣的鏡頭播出10分鐘後，電視醫生會這樣說：「證據顯示，大家不必過於擔心。」

第七步

其他的醫生開始參一腳。因為醫生們都擔心，他們的患者會因未經確定的新聞報導，拿一些荒謬無稽的理論來與他們爭辯。然後，大人們不給孩子們喝牛奶，而改喝伏特加酒，醫生們覺得拯救這些人是他們的責任。

第八步

召開記者會。醫生們不小心說了幾個字：「牛奶有害人體」，並且非常不小心地重複說了幾次，讓聽到的人更加堅信牛奶一定出了什麼亂子。「經由查驗，我們覺得大概沒有什麼證據證明牛奶有害人體，每個說這句話的人，都應該重新考慮證明牛奶有害的證據和引起的糾紛。」

第九步

綜觀世界各地，幾乎全部的人都不在意這件事情，這證明民眾比起那些偏激團體要聰明得多了。電視報導或是給予正面評價的醫生確定，凡是稍有常識的人都知道，就如同上帝賜予紅蘿蔔，上帝會在孩子 1 歲多的時候賜予他牛奶。

在現今這個充滿致癌替代物品的世界，有人願意花時間和金錢關心新鮮的牛奶，我們都應該心懷感恩。

Severed Arm Still Teaching Students

仍具教育價值的斷臂

大約幾年前，醫學院學生惹了一個麻煩，你可能曾在報紙上看過這則新聞；只要醫學院學生惹了麻煩，通常都會成為新聞，因為這種事並不常發生。

某人經過醫學院學生窗前時，突然發現他們在學校兄弟會的房間裡，藏著一隻原本應該是待在實驗室桌上的玻璃罐裡的斷臂，這個人立刻向學校警衛報告。經過學校官方某種程度的「討論」後決議，這隻斷臂必須呈交醫學院才能獲得安全的保管。

對我來說，這不是什麼大不了的事，因為醫學院的學生都會做這種事；讓我意外的是，當訓導主任查詢這整件事時表示，學校早就知道這隻斷臂的存在了。

我讀的正是該所醫學院，而我也知道這隻斷臂，所有的同僚都知道。以前和朋友經過那間房子的時候就有人提過了。他告訴我：「你知道嗎？他們保存了一隻斷臂在裡面。」我則回答：「我在舞會上看過。他們把它放在一間骯髒的小房子裡。」

如果我是一個11歲大的孩子，我可能會製造出一個噴射火箭般刺激的內容；不過當時，這對我而言真的是乏味而尋常的話

別懷疑，我就是馬克大夫！

"*TRUST ME*" I'm a Doctor

題。別忘了，我可是醫學院的學生，應該要開始習慣類似斷臂這
樣的東西。

　　我甚至從來不去想這隻斷臂是怎麼進入圖書館的；現在想
想，我可以猜到曾發生過什麼事情。在解剖學期末考來臨前的某
個月黑風高的夜晚，好幾個可憐的學生正把握最後幾個小時，狼
吞虎嚥的念著書；實驗室已經關了，他們沒有別的選擇只好把功
課（斷臂）帶回房間。這個學生甚至還可能因為這「斷臂」得到
「甲等」的成績。（編註：手臂的英文ARM，作者取該字的首字
A來代表大寫的A也就是成績的最高等級）

　　這隻手已經超過60歲了，男生宿舍的發言人表示，從那時候
開始，所有的學生都對這隻手臂習以為常，甚至這些學生還會用
幾個笑話來做為認識的開場白（類似『在圖書館給我一隻手臂吧』
這樣的笑話。）（譯註：GIVE ME A HAND，在中文的意思是幫
我個忙，正好是手臂的同意字）。凡事總會逐漸成為一種循環性
的習慣，而生命仍會持續下去。該隻斷臂開始成為「痞其羅」
（PHI CHI LORE）的一部份，隨便這個字代表什麼涵義吧。（譯
註：一種校園同學間的流行語，通常沒有什麼特定的深義。）

　　換個角度來看，這樣的事情很合理。醫學院同學間的兄弟關
係就好像這隻60歲的斷臂一樣，是一個從過去就一直留傳下來的
神聖遺物，可能曾是學員中傳統、驕傲的怪胎社交俱樂部的一部
份。我不知道會有什麼人既是醫學院的學生，又有時間在校園中
玩這種欺騙且具兄弟關係的東西。

　　從另一個角度來看，這樣的事情，當真無法想像發生在任

何學校裡。

醫學院人體解剖學的課程，很可能會讓一些人喪失人性。每一學期，講師們都會要求學生在學習課程之前靜默數分鐘，向這些貢獻身體部位的人致上敬意。接下來幾個禮拜的課程裡，學生們就是從這些斷肢、斷臂上發覺、學習人體每個微小的細節。

我們可以很容易描述手臂是如何由肌肉、動脈和神經組成，卻忘記這隻手臂可能扔過足球或者抱過心愛的人，我們甚至忘了它是某人身體的一個部位。

像這樣的情形，絕對會發生在斷臂上。學生們都忘了表示敬意，如果這些學生沒有將斷臂擠在窗戶的角落，它可能仍安靜且帶著野蠻味的放在圖書館裡。

過去醫生被灌輸，在醫院裡以號碼辨識患者是較有效率的方法，比如說「護士啊，56號應該吃藥了。」今日的社會，我們則被教育應該考慮患者整體，而不只是他身上的疾病。

畢竟這些學生並不是最初將斷臂放進圖書館的人，反而是把斷臂歸還給圖書館的學生。或許他們會經由協議的過程，學習到一些關於尊敬和道德，或許這正表示，他們在未來會成為更優秀的醫生。

縱使在60年後，這隻斷臂仍不停地在教導醫學院學生。我想這一定是當初將遺肢留下來的主人不曾想到過的事情。

Why Not Medical School ?

何不選讀醫學院？

每年春季，各地的高中生都將面臨影響一生的重大抉擇。其中多數人在經過幾天徹夜苦讀之後（一般是4年的最後幾個夜晚），心懷感激的畢業了。

當這些青年朋友摩拳擦掌，準備面對現實成人社會中的嚴酷考驗，我願意提出他們可能不曾想到過的意見：何不選讀醫學院呢？

為什麼要選醫學院？為了一件事——這是成為醫生最好的途徑。郵購的醫學文憑可能更吸引你，不只花費較少、甚至少於一堂解剖課程的費用，且4個禮拜就可以拿到文憑，不需花掉4年。但不要忘記，這種處於邊緣的專科學歷，在你面對嚴苛的誤診審判時，非但沒有幫助反而只會讓你覺得不好意思；另外，當你的親戚在晚餐時問你醫學上的問題，也會讓你無所適從。

對多數人而言，醫學院就表示著能對屍體做精密的解剖，並且牢記人體上230根骨頭的所有名稱，還必須學習高爾夫球和潦草的筆跡；不過，字跡潦草屬於選修的課程。只有醫學院，才能讓你有機會大量學習人體相關的有用資訊，許多醫學院學生畢業後，將其所學貢獻到許多照顧病人的好事上，這應該是

唯一的好處吧！

就算學生本身沒有機會實際診療病人，醫學院學生仍然有個好處——知道如何照顧自己的身體健康。他們知道如何處理身上各式各樣的疼痛和不適，通常這句話就代表著，他們吃幾顆阿斯匹靈，同時有能力觀察出更多嚴重的問題。當阿斯匹靈無效時就表示，應該轉吃阿斯匹靈加傷風藥了。

何不選讀醫學院？以下是當地一些高中生所提供的答案。這些答案是在我對他們演講醫療事業的無聊內容時，學生所提出的觀點。讓我們逐一檢視他們的顧慮，也可做為顧問們的參考。

時間過長

除非你是美國電視影集中的名天才「道奇侯醫生」（Doogie Howser），否則就要花上4年的時間；如果你不計較多花些額外的時間和家人相聚，或者洗個澡休息一下，你所需要的時間就會再延長一點點。但是，不管你是不是讀醫學院，4年之後你還是會老了4歲，而讀醫學院，你至少還有大筆的學費帳單可以拿來炫耀。

必須成為一個怪胎

當一個人學習所有神經末端的名稱、或者費盡苦心的牢記生物化學演變的圖表，你會稱他什麼？醫學院學生是白痴了點，但並不意味著你也必須變成白痴才能成為醫學院學生，反正醫學院

可以慢慢地把你變成這樣的人。也有許多學生畢業之後恢復原狀，重新開始豐富且充滿創造力的生活；只不過有時候，他們會在腦海裡閃過實驗室裡解剖學噁心的片段。

不想成為醫生

唉！我真是沒有辦法知道自己的心裡在想些什麼。當初我想成為醫學院學生是希望可以藉由當醫生幫助人類，提供醫療照顧以及協助慈善事業，進而將和平帶到全世界每一個角落。以上是我求職申請書中「個人聲明」的幾句話。

其實我之所以想成為醫生，是因為我渴望成為連續劇中稀奇古怪的醫生；連續劇中，這些醫生總是可以經由身邊其他的角色獲得歡樂的時光，例如其他的角色通常輪流被槍擊，或者墜機身亡。雖然那些閱讀申請書的人，私底下也渴望成為電視劇中的醫生，但這樣的說法還是不適合出現在醫學院的申請函中。

就算沒有這些螢幕上的偶像，實際生活裡仍然有許多理由，證明醫學院教育對你個人有很大的幫助。想想看，你可以在看見關於醫療或個人衛生用品、內容曖昧含糊的商業廣告時，馬上分辨出它到底想賣什麼；或者讓你打電話給保險公司，查問他們為什麼拒絕給付「上呼吸道感染，簡稱感冒」的費用。再想像一下，你可以在跟醫生討論時，聽懂他們在說什麼。

這些可能都是屬於初級的醫療照顧改革計劃，每個人都可學

習到醫生所知道的事情，每個人看起來都還是會對自己的健康添加保證，除非參議院和眾議院打算聯合忽視這項權益。你找不到更好的方式來保護自己和自己所信賴的人，你只有學習每一件可以學得到、關於健康與藥物的知識，避免日後無所適從。

所以別再理會MBA企管碩士或流行科系的學位，取而代之的選擇是拿起電話打給當地的醫學院。不要忘記，只有醫學院可以教你醫療教育的好處，也就是讓你在完成4年的學生生涯後，可以在充滿危機的世界中安全活下去。

如果沒有獲得上述的成果，你仍會獲得畢業證書一張。請今天就打電話查問各校醫學院。

（譯註：常常有人做這樣的比喻，台灣大學聯考的窄門，學子們擠破頭也進不去，一旦進去，混4年就畢業了；美國的大學則是 "進去容易，出來難"，只要一般學科成績夠，就可以依照你的興趣選擇喜歡的大學就讀，不過要靠真本事才能畢業。下回，當你聽見某人宣稱是某大學生，也要瞧瞧這個人是畢業還是肄業，可不要被打著美國旗幟的學歷唬住了。）

1-900-Doctors

1-900電話醫生

（譯註：類似國內0204付費電話）

　　或許我有偏執狂的傾向，我對於有人企圖要將醫療變成類似打電話約會服務的性質感到憂心忡忡。這真的發生在美國紐約市，紐約市有一個新的「1-900」服務電話，提供「電話醫生」的服務。

　　你可能要說，那有什麼關係，這樣的事情只發生在紐約。是的，至少目前你的說法是正確的。不要懷疑，在電話上提供醫療服務，可能很快就會散播到其它的區域，你可以從國內其它的地區打電話，每分鐘的花費是2元美金。如此一來，將使得「看醫生」的整個過程退化。你必須懷疑，這樣的生意將人們的健康視為和每天的占星術或肥皂劇的發展同等級。

　　就算在電話線的另一端是由真的醫生服務，依賴電話做醫療保健仍具有危險性。簡單來說，沒有人可以真的做到經由電話線給予醫療診斷或治療，他們只能給你某種訊息，這樣的資訊你可以在「讀者文摘家庭醫學百科全書」（Reader's Digest Home Medical Encyclopedia）中查到；對某些想寫學校報告或企圖贏得爭議的人有幫助，至於那些真的需要幫助的人，一定會失望。

一般而言「1-900」號碼易招致誤會。深夜的電視節目裡，這些廣告經常會有許多漂亮的年輕女士，而且似乎對有些人把她們看做是「1-900-情人專線」的女人感到非常沮喪，但在電話線另一端回答你的人，並不保證就是她們。你所能確定的只是在電話上得知你打了這些電話。

「電話醫生」就是這樣的情況。打電話的人絲毫不知道這些接聽電話的醫生是什麼樣的角色，你會寧可相信，他們不是上個月在電話裡推銷鋁門窗的那批人。

相對的，這些醫生對於是誰打來的電話也一點概念都沒有，但是類似這種匿名者的話可能會對某些人有幫助；畢竟還是會有某些事情，你無法對一般的醫生說出口。透過電話你可以說出任何你想說的事情，不論是多麼的令你難為情，你不用在面對著醫生時，編造一些類似這樣的開頭：「我有個朋友有這樣的問題……」。

除了有點風險之外，這個「1-900-電話醫生」專線正在發展中，他們必須自己找到方法來將他們的服務分類，甚至考慮採用類似銀行裡令人不悅的答錄系統。舉例來說：「要跟心臟科醫生講話，請按『2』；有過敏症狀要問醫生的，請按『3』；關於整形手術，請按星『＊』號鍵；營養方面問題，請按井『＃』字鍵；關於心理疾病的問題，請同時按任何兩個或三個號碼鍵。」

你可以想像得到，那些以診所為基礎的醫生會對這樣的服務

感到沮喪，尤其是他們的患者在候診廳裡打電話詢問第二個醫療意見時，畢竟這些實際面對患者的醫生，在過去執業的許多年間，已經經歷過患者在半夜打電話來詢問問題的經驗，而且，這些電話通常是免費的。

我們這些非電話醫生也會採取必要的行動。你不妨開始想像，下一次你打算打電話給醫生預約看診時，最好先把信用卡準備好。（譯註：美國的信用卡使用普遍，可以直接用信用卡卡號支付電話費，連買機票都不必跑到旅行社簽字，可以用信用卡買好機票，請旅行社的員工送到府上）現在，還不到你垂頭喪氣的階段，等著瞧，當你使用每分鐘2元美金的付費電話，卻聽見聽筒裡的對方說：「請稍候」的時候再開始沮喪吧。

這樣的說法是對電話醫生唯一的挑釁，也逼著他們必須重新評估電話醫療市場的下一步。我猜這些醫生會在晚餐時間，翻開電話簿逐一抽樣打電話，他會問接電話的人是否需要醫療建議。「我們對於肺部疾病和表皮角質層的診療有特價優惠，」他們會告訴接電話的人「不要嗎？讓我們談談你的星座宮吧？或者你對鋁門窗比較有興趣？」

「好吧，請你忘記我所講的這些話。我可以和你約會嗎……」

Multiplication Lessons

複製繁殖的議題

1994年副總統高爾（Gore）出席國際人口會議時所表達的訊息非常明確：人口真的已經過剩了。與會的科學家們也擔憂，地球上已經沒有足夠的空間，國內的人民開始節育，可是世界上還有許多國家仍然開著67年產的雪佛蘭車，停在露天電影院的車陣後面，然後在座位上做著兩…分鐘的表演節目。（編註：在早期的美國，許多成雙成對的情侶都是在汽車露天電影院觀賞電影時，做愛做的事。）

也因此許多人開始懷疑，為什麼最近反而有許多針對複製生殖的藥物，尤其還有許多人致力於研究在稀薄的空氣中製造嬰兒。去年一名62歲的婦女到義大利旅行，經歷一段違背傳統、令人吃驚的破天荒行徑，嚴重挑戰上天和人類所訂的律法。這名老婦人叫了一塊鳳梨披薩後，經過一個「免下車、24小時營業的繁殖診所」，就成為自依莉莎白泰勒領養麥克傑克森以來最老的一位母親。

而這只是其中的一個例子。就算人口急速蓬勃發展，世界各地的醫生們還在努力發掘出更多讓人懷孕的方法，其中許多改良過、更麻煩的方法還勝過老式方法。

別懷疑，我就是馬克大夫！

"TRUST ME" I'm a Doctor

　　舉一個最簡單的例子來說。醫生通常提供一組表格或圖形，教導男女雙方計算最佳的懷孕機率，使得傳宗接代的過程完全是自發性；這也證明，醫生甚至可以讓性行為這類的事情變得冗長而乏味。如果這次沒有成功，那就採用人工受精技術，這樣連「性」都免了。透過技術人員的介紹，配合著柔和的燈光以及義大利情歌王子胡力歐（Julio Iglesias）的背景音樂，卵子和精子在適當的情況下結合。接下來上演的是荷爾蒙注射，其威力之強，甚至可以直接用人工的方法誘導女性排卵——只要這個人接受荷爾蒙注射。

　　如果這麼做還是沒有辦法成功，那麼就換真正的科學家接手了。他們改用所謂「玻璃內受精法」（In Vitro Fertilization），讓卵子和精子在最理想的環境結合，這個環境位在實驗室的櫃子上，叫做培養皿。未來的父母並不參與，甚至，他們根本就不在國內，這些人在進入這個實驗時，早已經對這些事情感到非常厭倦了。（譯註：不易成功，必須反覆執行手續）

　　這樣的受精過程通常是使用第三者捐贈的卵子，理論上為人父母者可以選擇其顏色、尺寸，以及新生代的水準。雖然有人擔心我們所製造出來的是「設計家出品的兒童」，我們仍需牢記，這種方法出生的小孩，不管將來是什麼顏色、什麼形狀，或者有沒有遺產，日後都必須成為富翁，否則，他們的父母可能永遠無法償還過程中每次15,000元到20,000元美金的費用，而其受精成功的機率是大概五分之一。當然，就像買樂透彩券一樣，沒有人會只買一張！

　　這些繁殖力研究員為了使事情更加騷亂不安，甚至發明了一種方法——從流產的嬰兒卵巢中取得卵子。他們不打算從人類著手，除非他們有辦法從正確生命集團堆積成山的抗議仇恨郵件裡，挖出一條求生隧道。

　　這項新科技的嬰兒可能來自一個從未出生的母親，這就好像有個南茜雷根（Nancy Regan，譯註：前美國總統雷根先生的夫人）的母親一樣糟糕，有的孩子甚至比姪子還要年輕。事實上，這些小孩的下一代，可能會因為科技造成輩分錯亂，讓有些人每次經過鏡子前都會給自己5毛錢，因為依照卵子、精子的來源，自己可能應該是自己的祖父母。

　　真正使人類擔憂不已的是複製人類的可能性。幾乎每個人都同意，複製人不是個好主意，就如同無數低成本的科幻小說電影，還有根據事實改編的電影「侏儸紀公園」，在在都告訴我們，科學家和商人將面對不少麻煩事，因為他們發明了複製金錢的祕密過程。「侏儸紀公園」（Jurassic Park）在錄影帶問世之前已經賺進了數百萬的美元。

　　從此，將引發另一個重大的爭議。因為複製技術的關係，每個人都有可能擁有任何一種他想像中的小孩，容許人類在不需要清醒思考，或者甚至不需要約會的情況下，就可以無限制的生產。這也可能非常全面的中斷或干擾地球上延續生命的力量和中心，使原本不應受重視的問題，躍升為人們關注的焦點。

"Cyst," the Mini-Series

「囊腫」，迷你劇集

（作者註：本次專欄將呈現本地外科醫生間的吹牛戰爭，因為許多醫生在看過這篇報導之後寫信，告訴我，他們曾經移除過更大的囊腫。還好，沒有人在信中附上照片。）

我不知道你是怎麼想的，自從囊腫事件之後，我的生活已經因此而徹底改變。

我是從報紙10A版上一個小小的兩欄頭條：「醫生移除了180磅重的腫瘤」知道這個故事，（譯註：美國的主要報紙頁數很多，習慣以英文字母區分版面的類別，再加上該版的個別頁數，所以會有10A版、3E版，類似這樣的編排法）報導內容是強生霍普金斯醫院（Johns Hopkins Hospital）一名醫生，歷經10個小時的手術過程，幫一位婦女移除了腹部的巨大腫瘤。細節並不多，不過，這是一個巨大的腫瘤卻是非常的清楚。報導中沒有指出患者的姓名，事實上，沒有經過患者同意，醫生也不能討論她的體重；醫生是在手術之後「不小心」在實驗室裡談論到她的腫瘤問題，才會有這篇報導的出現。

報導中唯一提起的醫生名字，是另一個州的另一位醫生。他認為這樣的事情是「不尋常、非常不尋常的不尋常。」這種「三

倍不尋常」的聲明，打破了文法上的幾個慣例，傾向於抵銷掉不尋常這個字本身的功能，不過我可以完全了解它的含意。

　　該篇報導很快成為醫院裡談論的話題。第二天早上，我正好跟在兩名外科醫生後面走進醫生休息室，聽見他們的對話。
　　「什麼？多大？180磅？我不相信。」
　　「這是真的，報紙上寫的。」
　　「那患者的體重有多重？」
　　「報紙上沒有說。」

　　雖然醫生的職責應該是將怪誕的部份去除，但很顯然的，他們和其他人一樣，對八卦比較感興趣。他們沒有討論到瑪丹娜的新專輯、錄影帶，或雪兒身上最新的刺青；至少他們彼此討論的事是像「從什麼樣的切口和通道取出這個囊腫？」以及「流失多少血液？他們有用雷射嗎？」這應該只是每天在手術室忙碌工作之後的另外一種放鬆方式吧！

　　到了中午，整個囊腫的故事已經散播開來，我開始聽到原始報導中沒有提到的各種細節。「是真的，已經長了好幾年了。」我不小心聽到某個人說：「他們必須把囊腫先用飛機送到『梅歐氏診所』（THE Mayo Clinic），才有辦法把它切開。」很清楚的，就算人們必須捏造出細節，他們仍渴望知道更多。

　　可能是為了停止這種投機式的小道消息到處流竄，一個禮拜後續集故事出現了。報紙上刊登：「移除巨大腫塊是一項對醫生

別懷疑，我就是馬克大夫！
"TRUST ME" I'm a Doctor

及患者的嚴格考驗。」這篇故事的語氣比上一篇更強硬，而且文法上更具醫學性——一種介於「新英格蘭報紙」（the New England Journal）和「來自奇異世界的新聞」（News of the Weird）兩種報導間的混合物。總之，它的重點仍然一樣：那是某種囊腫。

我們看到了更多細節。這個手術動員20名醫生、囊腫的寬度將近3呎。患者的體重也終於曝光，人們好奇，因為藏匿180磅重囊腫的人體，一定要擁有「超大骨骼」來收納它。

總之，報導並沒有否認它確實是個大囊腫的事實。然而，令人想不透的是，這個被稱之為最神祕的事情卻會在報紙上看到。

醫療故事一旦成為受注意的新聞就很難維持精確的判斷。究竟這些報紙記者是如何發現緊閉的手術室裡發生的新聞？很難想像，究竟有沒有可能是醫生們打電話給新聞記者，洩漏這些機密？

外科醫生在衣櫃置物間更換衣服的時候（譯註：例如警局或醫院等，多數機構都會有大型的衣櫃間，讓每個人放置個人的物品，上班族可以到達工作地點，再更換制服或工作服。一般人習慣在更衣室，同時也是上下班時間的空檔與同僚閒談，是流言最容易誤傳的八卦中心），可能和同事提起一個8磅重的囊腫；接著，重達18磅的囊腫消息就會在同僚、護士、甚至某些病患之間流傳；但是，我們所說的是180磅重的囊腫，這聽起來實在太像是在吹牛了，而且沒有人會相信它。反正這名女士並沒

有同意他們報導，她的醫生又怎麼可能走到手術室外，告訴報社這整個事件？那我們怎麼確保患者的隱私權？還是這個婦女想出名想瘋了？

事件漸漸沉寂下來了，如果再聽到另一個腫瘤的故事，我也不會再感到訝異了。「經由移除巨大囊腫的手術方式，減輕你的體重，「歐普拉」（Oprah）（譯註：美國非常有名的八卦節目之一）下一個主題」，這種因應潮流的宣傳品，將會引發患者蜂擁至強生霍普斯金醫院（Johns Hopkins），要求院方移除他們身上沉重的部份。

我懷疑，這名婦女是否曾自動放棄這個關於她個人囊腫故事的權利？不知道她有沒有興趣把她的真實故事賣給電視台？每一個有線電視節目，都將自己的節目內容編排得充滿生活真實性，宣稱是「根據事實改編的故事」；這一句「根據真實故事改編」在商業娛樂圈普遍流行著。因為每個禮拜有三到四個為電視量身訂做的電影，電台都渴望播報真實生活裡謀殺、強暴、邊變、自殺的陰謀。關於囊腫的故事，將會是當週的精心傑作。

誰知道呢？我們有一天會看到由賈克琳史密斯（Jaclyn Smith）主演的「囊腫」迷你影集節目（Cyst），內容是一名婦女背叛自己的身體，下定決心要與過去的自己分離。我還可以看見理查•恰漢林保（Richard Chamberlain）飾演這名獻身醫學、關心病患的外科醫生，不顧一切的企圖挽救她的生命，降低她的體重；另外，會有一名粗暴易怒的專業醫生，因為他曾經在手術桌上幫太

太移除囊腫而犧牲了她的性命。至於一些童星，應該可以扮演那個腫瘤。

　　我知道，這聽起來有點離題太遠了。不過最可怕的是：電視台並不這麼認為。

Batman and Mental Illness

蝙蝠俠和**精神疾病**

新的蝙蝠俠電影上映時，我都會雀躍不已；而我也相信，任何一個研究人類腦疾病的朋友們都會和我有相同的感受。

許多人都有個錯誤的想法，認為這些電影只是從漫畫書裡搬上大銀幕的故事而已。其實，蝙蝠俠傳奇裡一直蘊含著錯綜複雜的心理學問，使得這部電影對醫生來說非常重要。

蝙蝠俠不是一般的英雄人物。主角布魯斯偉恩（Bruce Wayne），小時候親眼目睹父母在自己的面前被殺害，這個毛骨悚然的夢魘一生一世糾纏他。這樣的心理傷痛，讓他擁有說服自己的能力，同時想到不錯的主意：打扮成蝙蝠的樣子，獵殺壞人。

電影所有的角色中，蝙蝠俠還算是個神智正常的人物。

和所有醫學院學生一樣，我也曾在精神療養院服務過，並且鎖定精神病領域為訓練的步驟階段（至少，學生可以自由離開）。我們經歷了某些有趣的精神病原理後發現，那裡的每個人都還挺正常的。蝙蝠俠裡的角色卻不太一樣，以下是最近一些電影裡的有趣報導。

別懷疑，我就是馬克大夫！

"TRUST ME" I'm a Doctor

第一個案例：

「蝙蝠俠」（並非真實姓名），一個穿著黑色套裝的英雄人物，也是唯一一個不需要翅膀就可以在空中飛的角色。

第二個案例：

反派角色「企鵝人」（Penguin），短小、控制慾強，且穿著正式服裝。企鵝人很久以前可能曾陷入絕望的困境，目前有一群不會飛的小型水鳥和他一同生活在下水道裡。他酷愛收集雨傘，並用一個巨大的塑膠鴨子當交通工具。他渴望能夠像007電影主角詹姆士龐德（James Bond）所說的：「控制整個世界」。

第三個案例：

女主角「貓女」（Catwoman），反派的英雌角色，一名年輕的女性行為卻像貓一樣失調，顯露出超乎尋常的精神分裂症患者的本性；身著緊身的乙烯基（vinyl）衣服，擁有貓一般殘酷的心腸，她的情緒總是在玩樂和動物般的冷酷無情間循環不定，而且老跟男主角玩貓抓老鼠的遊戲。「平衡性」不能用來形容貓女，因為想要穿上這種衣服的人都必須有點神經兮兮，就如同我一個朋友形容的：「必須尖聲怪叫，引起騷動並造成影響」。

以漫畫書改編成電影的立場來看，整部電影在變態心理學行為方面，還不是一個錯誤示範。所有一流國家醫院的精神科醫師

曾經診視過的患者，其瘋狂程度都不及「蝙蝠俠大顯神威」（Batman Return）這部電影角色的一半。

可不是只有螢幕裡的才是瘋子！麻煩你去看一下首映現場，觀察一下周遭的人，他們是一群不斷數著日子（或者數著小時、甚至數著每分鐘），等待電影上映的人。試著想像一下，什麼樣的題材會成就某位博士的論文（我們並不是要取笑這些從到尾都是撲克牌角色的裝扮，或者至少這是一個挑戰）。當你無法忍受電影的內容、起身離座的時候，其他多數人仍穩穩的坐在椅子上，安靜地等著下一場節目開始，以及再下一部電影上演。完全是因為蝙蝠俠這樣的形象：越是瘋狂的事物、越可能發生在現實生活中。有一段時間，布魯斯偉恩就跟我身邊的人一樣，是個正常的傢伙，只因童年發生一場無法想像的可怕景象，造成心中扭曲的情感創傷，使得他變成為蝙蝠俠──一個穿著斗篷的改革鬥士。如果我們是蝙蝠俠，誰又敢保證可以做得比他更好呢？

所以你在電影院裡也可以看到我的身影，不容否認的，我可完全是為了專業的理由。我希望呈現的是我對不正常精神現象的專業知識，同時溫習最近民間心理醫學的趨向；我可不會買任何的蝙蝠俠襯衫、咖啡馬克杯、蝙蝠俠娃娃、或是夜光飛盤，也不會買電動的空氣清新劑。反正，我上次買了很多，現在還有庫存。

但是我還是會去看電影，而且我可以確定電影的內容一定很好玩，觀察身邊的群眾就如同觀看螢幕裡的角色。你會在戲院裡看到我，我就是那個在黑暗中忙著做筆記的人。

別懷疑，我就是馬克大夫！
"TRUST ME" *I'm a Doctor*

Paging Dear Abby

傳呼親愛的愛比

（譯註：愛比，報紙讀者回函專欄作家）

你不也感覺到了嗎？一個加註底線強調的不確定性，使你質疑自己的決定；讓你在過馬路前，猶豫不決的反覆思考個三、四遍。安（Ann）和愛比（Abby）出城後，我們必須自己照顧自己。

（譯註：這是一格在報紙上非常受歡迎的讀者回函專欄，解答各種疑問，大從宇宙、國家；小到家中的跳蚤問題。）

我真的搞不清楚，報紙管理人怎麼可以讓這種事情發生，甚至毫無預警，只在某天的報紙裡做個小小的告示，告訴我們接下來的兩個禮拜裡，安（Ann Landers）和愛比（Abigail Van Buren）度假去了。

我寧願他們彼此是世仇，至少這樣他們就不會離開我們一起去度假，而沒有留下任何建議。

我們有什麼替代品？「過去信件精選集」，有點像是挑選出安（Ann）和愛比（Abby）最喜歡的主題。我可不知道他們會有最喜歡和不喜歡的分別，我還以為，在這些專欄作者的眼中，每一封讀者來函都一樣，不應該出現這種類似精華回顧的情況。安

就有一次因為信件重複刊登而惹上麻煩，我可看不出來，曾經是
錯誤的事件，現在又怎麼可以讓讀者接受。

　　這個舊的、像是「隔夜菜」的建議，對我們這些迫切渴望幫
助的人已經是沒用的東西了。他們該怎麼做呢？是不是應該馬上
跟配偶告別，或者靜待兩個禮拜過去？是否應該寄個感謝函給這
對將一組破茶杯當做結婚禮物送他們的表兄弟？是否應該〝請教
顧問〞？（譯註：「請教顧問」為過去刊登過的信件內容。）

　　這些重複刊登的內容最令寫信的人困擾，他們的生活已恢復
正常，而且把可怕的麻煩至諸腦後，「親愛的愛比」（譯註：在
回函專欄中，都是以『Dear Abby：』親愛的愛比，為文章的開
頭）卻再次提起他們投書過的樟腦丸問題，而且印在每個人都看
得到的報紙 6 E 版；朋友和同事一定會發現這些文章，然後投書
者走到每個地方──高中的同學會、結婚典禮，都會有人問他：
「這篇投書是不是你寫的？我以為你已經解決了那個小問題。」
很多的問題就如同橋下的流水，匆匆流過了，為什麼又要讓它
回過頭來，再一次提醒我們這些已經遺忘了的煩惱？

　　每一個人都需要休息度假，但我希望，兩個雙胞胎的進度可
以超前一些，這可能只需要多回答幾封足以安排兩個禮拜的信件
內容。不然，也可以一個一個去度假，然後寫一些醫生們常說、
關於緊急治療的建議；除了必須要有印著日期的照片配合放在專
欄的上方之外，還有一個令人敬畏的責任：身為「親愛的愛比」，
你就必須隨時為人們服務。

Michael Jackson's Doctor

麥可傑克遜的私人醫生

我確信當人們知道麥可傑克遜「真的有病」時，一定都鬆了一口氣，他真的是整個人類行為史上最反常的人。

歐普拉溫菲（Oprah Winfrey）電視訪談中揭露了整件事情，看到這個節目的人比電視的銷售數字還多。

沒有人因為這個令人害羞、不好意思的問題內容而轉台。歐普拉（Oprah）問到了麥可的皮膚顏色，因為麥可的皮膚顏色從1978年起就不斷、不斷的變淡，而現在就幾乎是那種「未經加熱殺菌的牛奶」顏色了。麥可透露，他是因為罹患了一種罕見的皮膚疾病導致膚色一直變淡、褪色；漸漸的，他就成了變色人，也更適合娶麗莎莫來爾•普萊斯頓（Lisa Marie Presley，貓王的女兒）為妻。

根據麥可私人醫生的說法，麥可確實罹患了非常罕見的「非特奇諾」（vitiligo）疾病，這種病的患者每60秒都會抓一下褲襠。隔天的記者會上，比佛利山（Beverly Hills）一位非常傑出的皮膚科醫生證實了這項診斷。

這名皮膚科醫生解釋「非特奇諾」（vitiligo）的確會破壞賦

與皮膚顏色的細胞組織。多數治療者使用化妝技巧來加深「非特奇諾」斑點的顏色，麥可則反其道而行，將「非特奇諾」斑點以外的皮膚，全部化妝成較淡的顏色。這完全顯示出他成名的原因──勇於創造流行的風格。（至於，使他成為一個更年輕更嬉皮的小丑（Joker）的眉毛及口紅顏色，就跟這種病毫無關係。）

麥可傑克森同時告訴歐普拉（Oprah），他「幾乎沒有」接受過任何整形手術。他一邊說，一邊稍微調整一下頭的角度；因為他的鼻子在某個特定角度下，會狹窄到幾乎看不見，臉上簡直就像只有兩個巨大的眼睛、躲在打結的瀏海後面。

很可惜的，並沒有任何整形醫生證實他的說法。

麥可傑克森的個案是「名人醫生」的借鏡；所謂「名人醫生」指的就是這些專門診療知名人物的醫生。名人醫生除了必須處理名人患者的各種問題之外，自己幾乎也是隨時會被迫暴露在鎂光燈前；他們必須配合上電視討論名人的醫療問題，同時，必須承受因此蜂擁而至的患者，會害自己不小心致富的危險性。

麥可傑克森的個案裡，他和他的醫生發表了聯合聲明，以免任何人懷疑這個皮膚病說法的真實性；利用這種方式，麥可傑克森找到他個人怪異行為的藉口。這也是醫生走出健身課程、成為和名人同等身份的必須行為。現在，人們開始同情麥可傑克森的處境，不再在公開的場合引起類似種族的問題。

這個案子引起一連串名人病患的新聞報導，使得這些名人醫生必須走出來，替他們有怪僻嗜好的名人患者辯護。

　　有些人則必須更注重隱私。假設瑪丹娜也有個私人醫生，雖然我並不確定她的醫生在記者會裡會說什麼；但我很懷疑，她的醫生有沒有看過她一般大眾沒有看過的部位？這名女士已經沒有任何讓大眾意外的價值了，現在她所能做的只剩下公開展露她乳頭上的斑點，或許她會更高桿，在下一張專輯揭發GIX光線 (G1 X-rays)的內幕。

　　在此同時，醫療科技已經解除了麥可傑克森身上的壓力。先把這些關於麥可傑克森的責備——例如他的外表和缺乏男子氣概的舉止、娘娘腔等擺在一旁，在歐普拉節目的專訪中，他被認為是「對於身為黑人，感到非常的驕傲」。我們必須感謝這位「名人醫生」的專業意見，至少我們可以確知的一點是——麥可傑克森先生，真的、真的是個黑人。

Year of the Prostate

前列腺之年

（警告！以下內容包含前列腺資訊，凡是最近接受過健康檢查40歲以上的男性朋友應該省略本篇，以免引起不愉快的回憶。）

中國古代占星學家，對於未來人們會做什麼事瞭若指掌，故將今年列為「前列腺之年」（Year of the Prostate）。

去年「鼻腔隔膜之年」（Year of the Nasal Septum）之前，你很少聽到關於前列腺的消息。多數的人類，甚至是全地球將近一半的人口，都擁有這個前列腺，卻不知道它到底是個什麼東西。「前列腺」對他們而言，只是另一個聽起來比「小腦」或「幽門擴約肌」更聳動、更可怕的身體器官而已；人們只知道它位於「人體下面」的某個地方，相當靠近許多重要器官，所以前列腺一定也是一個重要的器官。許多男性朋友會犯下和醫學院一年級學生相同的錯誤，將前列腺（Prostate）唸成「沮喪」（prostrate）（譯註：兩個字的英語發音相接近）；這個錯誤還真貼近剛剛做過前列腺檢查的心情。

現在，前列腺之年裡，這個微小而又麻煩的腺體，在國內各地成為談論的焦點；人們把這個話題帶到晚餐的宴會上，年輕的

電視嬉皮人物笑談他們父親的問題。電影「紙張」（The Paper）中，勞勃杜瓦（Robert Duvall）去找前列腺專科醫生，並且在新聞編輯室開了一個關於「杯果」（bagel）的玩笑（譯註：BAGEL是一種像是甜甜圈的硬麵包）。大眾傳播媒體開始發覺，前列腺已經成為時下最熱門的話題。

我第一次注意到這種發展，是我在早餐時翻閱一本國際新聞雜誌，忽然看到一篇巨大的（至少對我而言）全彩圖片，圖片中男性的生殖系統鉅細靡遺。就算是一個受過醫療專業訓練的人，我也必須很快的將這篇廣告翻過去，然後低頭假裝沒事吃我的喜瑞爾早餐。

這張圖片是醫療廣告「前列腺腫大增長的縮小」的部份。前列腺並非有害的腺體，它只是位置長得不好——我們可以形容它是長在男性抽水馬桶的主要範圍內。這個腺體會慢慢增長，幾年後就必須加以修剪。多數男性朋友隨著年紀的增長都會碰到這種情況，這只不過是生命的一個步驟，所關係到的範圍，只是他們半夜起來上洗手間的位置。

自然而然的，經過宣傳渲染之後，許多人對前列腺更加焦慮、害怕。建議這些朋友，打個電話給醫生，然後送先生去做前列腺檢查！

當醫生模仿麥可傑克森戴上一隻手套時，男性患者的臉色開始發白，同時異口同聲地說：「我真是恨死這個了！」這樣的反

應十分正常，因為這個小小的檢查就可以讓醫生在體檢表「正常」的格子上，打個大勾勾。

　　大多數的男性朋友都可以通過檢查，甚至在檢查結束後，跟朋友開起前列腺的玩笑；有些人則假裝他們彷彿遭受到即使是壯碩男人也無法承受的嚴酷考驗，就好像乘著特技傘跳進活火山口裡一樣，這自然就影響他們的朋友想要做同樣的檢查。（相反的，女性朋友幾乎每一年都會接受類似的檢查，抱怨聲音反而很小，這也是另一個讓她們對於自己是繁衍生命的一方感到高興的理由。如果可以選擇，許多男士會簡單的說「我討厭這個部份」，如此人類種族將無法繁衍下去。）

　　檢查有助於及早發現前列腺癌的徵兆，同時讓少數男性朋友接受治療，這些是隱藏在不安的恐懼以及誇張的廣告背後，沒有被提出來討論的部份。前列腺癌，並不只是腫大、增長的問題而已，也是每個50歲以上的男性了解前列腺作用的真正原因。所有的報導可能破壞了一些人的早餐食慾，可是卻讓他們因此而去看醫生，反而意外地對一些錯誤的動機、起因做出貢獻。

　　雖然目前還沒有看到這樣的效果，但還有更多、更多的大眾媒體正蓄勢待發。各種雜誌最近都刊登了一個高知名度的天才機構廣告：「尋找聲名卓著的人物，願意公開自己具有巨大無比的前列腺，同時接受藥品公司的酬勞成為產品代言人」。就算這個機構可以找到假牙乳液的代言人，但對於找到合適、有名的前列腺代言人，仍有許多的困難。

面對前列腺之年的到來，很快的不再有任何一個人不知道前
列腺位在哪裡，甚至會對愛人的前列腺位置瞭若指掌。這些都必
須感謝醫療報導的仔細與嚴謹，前列腺很快地成為另一個家居生
活討論的話題，就像甲狀腺或其他唾液腺一樣平凡的話題。

　　接下來，我們已經準備好面對下一個年度了——中國農民曆
上的「輸卵管之年」。

Flu Shots Increase Ratings

注射**感冒預防針**的代價

想像一下可憐的日間新聞主播莎拉（Sarah Purcell）悲慘的情況。自從醫生在現場直播的全國性節目中，意外的將花栗鼠的腦子移植到她腦子裡，這個播報員的下場真是難以想像的凄慘。

我想不透，有誰會同意這麼沒大腦的計劃？為了更貼近事實的內容，電視上播放實際的醫療行為。數以百萬計的人們親眼目睹神情緊張的醫師，如何使用皮下注射劑幫莎拉 • 普斯爾（Sarah Purcell）注射一劑不必要的感冒預防針，而且用的還是他幫另外一位節目主持人蓋瑞 • 柯林（Gary Collins）打針用過的同一個針頭。

緊接著，我們開始看到每天播報最新「柯林的血液測試進度」結果。第一篇報導並不完整，只告訴我們這名主持人娶的是前任美國小姐，這點似乎就證明他一定是正常的。

稍後我們得知，他的HIV和肝炎的檢驗都呈現「陰性」反應，這是千真萬確的。沒有人看到抽血檢驗的實際情況，所以你永遠無法知道真相。

　　這些電視節目的人員一定不了解，醫生們通常不會親自幫病患打針，這多半是護士的工作。記得我最後一次幫人家打針，是我妹妹在游泳池吸取過量的「氯」引發「蕁麻疹」，在這之前我必須先回到大型郡立醫院輪值；在這家醫院裡，醫學院學生可以做開心手術之外的每一件事。

　　幾位護士小姐看到報紙上的照片後告訴我，他不只重複使用同一個針頭，而且很明顯的，他還用錯了方法、打錯了地方，只注射在皮膚下而沒有深入肌肉。總之，普斯爾先生能存活下來算他運氣好。

　　另一方面，護士們每天都在幫人家打針，醫生們應該早就知道她們才是真正的專家。因此，在當時的節目上，他可以用一些簡單的圖表，讓這部份的內容更實際些，然後當護士正確的幫病患打針時，播出他走出大廳繼續下一個門診的鏡頭，或者乾脆播出一場球賽。

　　我希望這小小的意外，不至於阻礙現在新聞節目要求真實性的新趨勢。

Four Letter Word for Football：OUCH

送給橄欖球運動兩個字：

「唉喲」

去年秋天，落葉多得像是要淹沒整個院子、車庫以及我家的狗，我決定在週日下午和我兒子一起看橄欖球賽轉播。

我兒子只有2歲，但是你可以明顯看見橄欖球賽對他造成了深刻印象。第一節比賽，他的臉上顯現焦慮的神情，就好像當他試吃扭曲的「甜菜根」（strained beets），並說了一句「唉喲」一樣；每當他看到球賽中有人被阻截、擒抱並摔倒，他都會再說一次「唉喲」、「唉喲」。這也就等於每一次的開球他都要驚嘆一聲。

他畢竟只是個孩子，我們不能指望一個蹣跚學步的幼童，會懂得欣賞橄欖球賽；他不可能理解技術層面，和在傳送攻擊間呈現的力與美，以及複雜的隊形變換。他眼中所看到的是一大堆成人奔跑、故意的互相踐踏，同時不斷努力打倒別人。

這樣的行為，對他小小的心靈來說真的是一點道理也沒有，可能是因為他才剛剛從對抗地心引力的戰爭中生存下來；我的意思是說，在觀看球賽的不久前，他還無法靠自己的力量不摔跤。

當時，大人們告訴他，突然推倒別人是不對的行為，而且還連續告誡了好幾個月；現在他卻看到一堆成人，刻意而惡毒的攻擊他人，千方百計讓別人跌倒，而唯一的懲罰，只是被判出局（held on）。

我以前很喜歡看橄欖球賽，至少我認為我很喜歡。我從來不打橄欖球，可能是因為個子太小、或者太胖，或者太討人厭，我記不得確實的原因；但在高中時代，不懂橄欖球就代表了一件事情——死老百姓。至少那些不夠酷、不能玩橄欖球的人，都應該去觀賞橄欖球賽為球員們喝采。我也從學校開始培養觀看橄欖球賽的習慣，這也證明了高中學校的洗腦程度，影響延續了多久！

在我的兒子發出「唉喲」聲之前，我還不曾注意過每一場橄欖球賽開球之後，都是在9到10次各式各樣殘酷野蠻的衝撞、擊倒之後結束。兩對人馬自中心位置開球之後，原本排排站的人，幾乎是立刻就被彼此擊倒，成為一片平坦；拿著球的人會被擒抱、絆倒，而且通常是同時被2到3個人攻擊。就算是持球的人已經達陣得分，兩隊的前鋒還在彼此爭論不休、互相推打。位於「技術的位置」（skilled positions）的人（這是一種運動術語，表示百萬白人富翁的四分衛）通常都會變成殘廢；事實上，防守教練相信，他們是因這個問題才能變成百萬富翁。更糟糕的是，許多球員因這些殘忍而墮落的傷害受到最佳的讚美，像「MC漢默」（M.C. Hammer）（譯註：美國著名饒舌歌手）一樣四處跳動，就像搔癢難耐的騎馬師；難怪「美國橄欖球聯盟」（NFL）會請這些永久傷害的患者坐到邊線去。

　　電視轉播時，你常常可以看見退休的球員穿著好比放射線般色彩鮮豔的運動衣坐在一旁，通常是坐在播報席下面；他們不常走動，有的則是無法走動，他們身上有著多年橄欖球經驗造成的膝蓋及腰盤的榮譽傷害。多數人已經年近30歲，因為不再具有真正的球技而被冷落一旁，更無法像別人一樣，聽到有人喝倒采就跑去和觀眾扭打成一片。

　　就算是我年輕時的洗腦影響，我永遠也不希望我兒子去打橄欖球。很幸運的，現今的孩子比我們聰明多了，多數的孩子，甚至包括受歡迎的孩子們，選擇的是足球而非橄欖球，足球運動不會要求配備全身的盔甲以及牙醫計劃。許多年紀較長的、通常都是以往比較「不夠酷」的人們，仍然維持較靜態的運動，並且享受運動帶給他們健康的生活。他們可能永遠無法參加「超級盃」（Super Bowl），但即使是這些球員球衣上的羅馬數字已不再使用，他們仍然圍繞在這些球員身邊，縱使他們寧可去慢跑。

　　當檢察官要求制裁電視暴力時，每個人都以為她指的是黃金時段那些無盡的謀殺和罪犯故事。雖然這樣的想法會讓人以為，我是共產主義下哀嚎哭泣的無力嬰兒，不過，我還是認為，檢察官應該在週日下午跑去橄欖球場，看一看在球場裡發生的事情。

　　禮拜一晚上，我兒子睡著之後，我試著再看一遍球賽轉播，但我發現球賽真的一點都不有趣！我發現我一直在說「唉喲」，一點都不會對慢動作重播的碰撞情形感到害怕；我無法聽到那些人造衛星接收的龐大身軀相互衝撞後的呻吟聲。最後，我只記得

醫療人員跑進球場，忙著救助那些已經喪失意識的球員；而這一幕才剛播完，啤酒廣告緊接著出現在螢幕上。

　　我想我兒子是正確的。畢竟，他對扭曲甜菜根的感覺是沒有錯的。

Sick Policy

不健全的政策

我這一生大多數時間都在學校度過，從高中、專校、醫學院一直到實習醫生、住院醫生，我只知道，我可能還不小心的重修1、2個跟專業知識無關的學分。

除了這些額外增加的學習之外，我一直無法知道我們的政府到底在忙些什麼？也無法明白，政府怎麼可以允許那些大公司，例如保險公司、藥廠和菸廠，擁有超越一般大眾的權利，而你將在本書中讀到關於政策方面的聲明。如果閱讀這個部份讓你昏昏欲睡、無法保持清醒的話，我很抱歉，我們再把你拉回到醫療笑話吧！

What's Wrong with Health Insurance

健康保險出了什麼問題

許多人懷疑，到底是什麼樣的力量，讓新政府在健康醫療上做這麼巨大的轉變？我以一名受過醫療專業訓練的人，評估將來醫療健康會有什麼樣的趨向，結論是：「不知道。」

沒有人知道接下來的演變會如何，有太多的政府經濟學者和健康醫療分析師提出不同的理論，大型電腦印表機列印出來的文件上，更有一大堆圖表；但真的沒有人搞得清楚。

很多人，包括某些醫生在內，被指責是造成目前混亂情況的主因；然而最大的問題出在健康保險。很明顯地，專家們努力要找出一些比現行政策更好的東西來。

我手上沒有任何的圖表，不過我確實是在健康醫療領域裡工作，而且如果沒有其它意外的話，我想我知道現行多數的醫療保險裡出了什麼亂子：

保險不含括每個人

保險公司非常小心謹慎地篩選投保對象，他們知道，要是不小心接受某個將來會生病的人投保，都可能會損失一大筆錢。

除了集體保險、公司保險以外，保險公司可以用任何理由拒絕任何人投保，比如說「這個人扭傷過腳踝」。任何人想要投保，都必須經過詳細的審查與過濾，這些問題包括：「是否曾經感冒，或曾經患有性方面傳染疾病？──請勾『是』或『否』」。沒有人可以做完整份的調查表而沒有高血壓、或者其它讓投保人資格不符的不適症狀。

對每個人的給付都一樣

多數的保險計劃裡，每個人所負擔的保險費用都一樣。這就好比汽車險，保險公司可以因為你在開車時，不小心碰巧「看」到一場車禍，而提高你的保險費；而在健康保險方面，那些抽菸和吃豬皮的人所付的保險費，則和跑馬拉松競賽的選手一樣。活得愈久，唯一的報償就是必須支付更多的保險金。

保險公司說，賠償條款包含每一件事情

保健組織（HMO）的功用應該在於如何控制費用的增加，但他們反而只看到一件事情：大概有10%的患者喜歡去看醫生，即使他們並不是真的患有重病。現在，他們隨時都可以去看醫生，因為他們認為這是免費的。其實不然。在他們眼中，不管這人的病況多嚴重，這人的行為阻礙了保險系統的運作，讓別人無法加入。

投保人的感覺是，任何一件事情都不在理賠範圍內

別懷疑，我就是馬克大夫！

"TRUST ME" I'm a Doctor

　　不只我不知道自己的保險究竟包含哪些項目，相信讀者「你」也不知道，除非你曾經被突來的大洪水困在家裡，除了皮夾裡的醫療保險卡資料，沒有東西可以閱讀。人們通常相信自己擁有良好的保險，最後卻發現，保險的理賠內容只包含80%的醫院外帶食物發生問題時。

　　保險公司了解一般人的困擾，所以他們提出一個簡單、直接進入核心的答案：如果你不知道這個項目是否包含在保險內，那這個項目就一定不包含在內。當你打電話詢問的時候，他們會很高興告訴你這些事情。許多保險公司設立了「080」免付費服務專線，一般人可以在一天24小時的任何時候打電話，聽到「不包含」的答案。

　　有些保險公司則用更有創意的方法說出「不」，例如，他們保證賠償某人減肥計劃的損失，只要這些投保人等到下一個假日過後；或者他們承諾付健康會員俱樂部的費用給投保人，只要投保人夠格參加下一屆的奧林匹克運動會。

　　其他公司則給你一個隱含了「不」的意思的答案。他們會說，只要是由醫師本人親自執行的治療都會付費；根據我這個醫生的經驗，你獲得的賠償是——醫生幫你寫處方要求賠償太空氣墊飛船，最後，保險公司會賠給你整形手術用的床墊。不管你的醫生說什麼，這就是他們賠償的內容。

　　再舉例說明，所有的保險公司都表示，只要醫生建議你接受

脊椎按摩療法，他們會給付所有的費用；根據醫療史，從來沒有醫生建議患者接受脊椎按摩療法。

全部由保險公司掌握

　　醫療健康保險最大的問題，就是這些不需對健康醫療負擔任何責任的保險公司經營者。他們為了讓你甘心填完一式三份的表格，可以在和你討價還價的同時，幫你扣掉最多30%的費用折扣。

　　很明顯的，這是一個複雜的議題，也充滿了矛盾，我誠懇的提出五點建議計劃，以恢復整個健康醫療業的生氣——淘汰所有的保險公司，並且要求某些醫生降低收費。不過，我先聲明，我個人的醫療費用已經沒有降價的空間了。

　　不幸的，雖然我提出這個保證百分之百有效的改革方法；不過我也知道，只要有任何一個地方的任何一位醫生，願意開立降價後的處方證明，那麼，保險公司將會很高興付給你這些費用。

Fear and Broccoli

恐懼與花椰菜

　　喬治布希（Geroge Bush）總統任期的最後幾個月必定十分難熬，先是發生「沙丹・胡森」（Saddam Hussein）事件，接著又因與一位重要的日本外交官面談而感染猛爆性疾病。隨後在他競選連任的最後時刻，聲譽開始下跌，讓比爾柯林頓（Bill Clinton）贏得關鍵性的氣勢，也贏得最後勝利。

　　然而在這所有的新聞事件之外，還有一件非常重要的花椰菜科學證明，人們稱它為有史以來最有效的抗癌物質。

　　約翰霍普金斯（Johns Hopkins）的花椰菜研究，在競選期間被詳細揭露出來，很快的這種表面凹凸不平的蔬菜，出現在每個人的嘴巴。類似這種性質的新聞傳播得最快，每個人很快就知道，花椰菜含有某種防癌的特殊物質。

　　礙於規定，媒體並沒有持續報導更多的研究內容，不過，政府確實把兩個重要的字眼「預防」以及「癌症」擺在一塊兒公佈出來。這樣的組合足以造成花椰菜的瘋狂搶購，這是從燕麥麩（the oat-bran craze）流行以來，從來沒有過的購買熱潮。

　　科學家們就很久以前就已經知道，某種特殊的化學物質，可

以幫助人體酵素預防細胞轉變為癌細胞；事實上，還有許多替代物也曾經被證實可以預防癌症，例如過去曾經流行的「神奇藥物」。但是，花椰菜不同：（1）它不是違禁品，（2）它可能真的有效，（3）你用不著跑到墨西哥去買。花椰菜非常便宜，而且產量很多，許多人可以馬上開始儲藏這種像是小樹的蔬菜。

這個花椰菜理論，毫無疑問地迅速成為每個人想從中獲取利益的東西。可不像在夜間節目廣告的「燃燒脂肪的葡萄柚藥丸」（fat-burning grapefruit pill），我們沒有辦法把花椰菜所含的化學物質放到藥丸裡。那些希望降低得病機率的人只能做一件事：花椰菜，吃很多新鮮的花椰菜。

很明顯的，這項聲明發表在華爾街的花椰菜文獻上，使得小型農場主人、甚至住在郊區有花園的住戶，都決定將蘆筍和大黃根連根拔除，轉而栽種這種有實際價值的作物。中國餐廳經常推出一道牛肉和花椰菜混合拌炒的菜餚，「花椰菜串燒」也已經成為州際博覽會（State Fairs）休息區中最具賣相的產品。

花椰菜餅乾、花椰菜鬆餅、花椰菜冰淇淋——儘量開發吧，盡情想像你所能想到最不可思議的組合，只要是你能在雜貨店，或者當地健康食品精品店裡買得到的東西，都可能加上花椰菜這三個字。這個特殊的化學物質「蘿蔔素」（sulforaphane，譯註：又譯為萊菔子素）已經被列入著名的特殊成份之列，食用花椰菜已經變成健康良好的代名詞；如果人們要形容某個人非常具有生命活力，他們會形容這個人「看這些傢伙，平常真

的有在吃花椰菜」。

　　布希（Bush）曾說過：「請讀我的唇，不要再讓我吃花椰菜了。」而當那些政客們開始湊上一腳，布希（Bush）毫無選擇地在花椰菜這個主題做了讓步，責備自己以前是個反對吃花椰菜的人。或許我們不該責備他，我們該責備的是那些國會議員。

　　其他候選人很快地注意到布希「花椰菜知識的空白」，他們在主播面前發出極大的驚歎聲，同時非常悲傷地搖著頭表示，如果身為總統有膽量「不計任何代價」來預防癌症，「那我們猜想，總統先生可能同樣反對纖維。」

　　受到花椰菜情操浪潮的影響，投票的人開始動搖，他們知道自己不可能將票投給任何一個贊成癌症的人。他們也記得總統去年所說過的話「我就是不喜歡花椰菜」，布希告訴人們：「瞧瞧，我是總統，除非我願意，沒有人可以逼我吃花椰菜。」

　　我猜，至少最後這句話是真的吧！

Hillary Care ——*She's The Mom*

希拉蕊——

一位母親的憂慮

總統的健康醫療改革委員會終於發表了一份計劃，其中保證，所有的美國公民每天都可以吃到一顆蘋果，以及經過協商之後的破天荒成果——讓醫生保持距離。

這份計劃是由希拉蕊柯林頓和約3萬名具有健康領域豐富想法的專家共同完成；只不過這些專家之中，大多數都是律師。（譯註：作者在暗示，總統夫人所領導的專家團，其實並非專攻相關領域的人才。）

這真的是一份偉大的計劃，尤其當人們想到最近公佈的一些統計數字：國內醫療照顧的預算換算起來，每1塊錢中，就將近1.37元是花在醫療上；整個80年全年生產毛額，都花用在測試膽固醇的項目裡。國家財務因健康醫療照顧的費用，負債比例不斷邃增至50%。

簡單來說，這就表示有很多人會被逼得沒有健康保險；對他們而言，這其實也不算是什麼壞事，至少，除非他們不幸生病

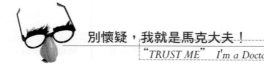

別懷疑，我就是馬克大夫！
"TRUST ME" I'm a Doctor

了，否則就不必花精神填寫一大堆表格。然後，他們慢慢地耗盡所有家產，只為了償付醫院的帳單，像是包括「阿斯匹靈兩粒，美金5.7元，加上一杯吞嚥用的飲水，美金2.55元。支付『高效應核能掃瞄檢驗』（Thermomagnetic-nuclear-gizmotronic scan）；『檢驗結果：正常』，費用美金1 ——接在後面的『0』請看附表」。（譯註：表示無法寫出來的天文數字）

許多人覺得很意外，無法理解希拉蕊柯林頓會選擇成為這項重要會議的領導人；不過，我倒是有一個非常好的理由：因為她是個母親。

一個家庭裡，婦女往往是重要醫療保險的決定者，同時，也幫家人選擇醫生、甚至當自己的丈夫生病時還得幫他打電話預約。即使到了今天，當親切、多愁善感的「新好爸爸」，帶著耳朵感染的小孩來看診，敢跟你打賭，他們的口袋一定帶著一張便條紙，寫著太太提醒他要詢問的問題。

希拉蕊的任務是必須把這個計劃推銷給每個地方的醫生、以及醫療照顧提供者。整個計劃本來應該要在早些時候公佈的，但是因為家裡的小狗（或者，是家裡的小貓）把我們的工作報告吃掉了（譯註：無法交出家庭作業的小孩子的藉口），使得花費比例與複雜的分析事實無法協調一致，以致於公佈期限一拖再拖。

現在，大部分的計劃內容，以最高機密的報導方式刊登在報紙上。這項計劃目前已經進入官方正式辯駁的過程，正如我們所

知，也就是到了國會議員之間吵吵鬧鬧的階段。以下是本計劃重要的部份：

完整的存取

該計劃保證，不管他們願不願意，每一個人都可以取得暢通的管道與醫生連絡。每一位美國公民都有一張「全國健康卡」（Universal Health Card），這張卡可以在提款機提款，也可以在高級的百貨公司簽帳。如果你超過使用額度——舉例來說：在醫院裡住了太久，政府機關就會派人來到你的病房，剪掉你的卡片。

誤診

與會的律師將採取行動，深入追查這些多到令人無法相信，而且還在失控增加中的醫療不當和誤診控告案，因為這些案子已經讓整個醫療系統陷入癱瘓。其他醫生則反過來控告這些律師，因為解決了這些問題，將會讓他們喪失賠償等痛苦艱熬的權利。

藥品價格

藥廠將會以公平、且看得到的合理因素訂定藥品的價格，同時控制現行的藥價，而不會像最近的「美國橄欖球聯盟（NFL）免費經紀人協調」一樣。一些每年賺進超過500萬美金的藥物公司總裁（去年還有好幾位擁有這樣收入水準的人），將被要求必須生病幾次。

別懷疑，我就是馬克大夫！
"TRUST ME" I'm a Doctor

預防措施

　　這個改革委員會發現，只要在預防措施上花個幾塊錢，就可以在稍後節省上千元的花費。所有的孩子將接受免疫注射，預防潛在的腦部傷害，包括對抗各種疾病（DPT，MMR以及NRA）的牛痘疫苗，其經費來自競選期間的支持者。

家庭醫生

　　新的計劃必須仰賴最初級的家庭醫生，簡單的問題先行解決，而不需要轉診到花費昂貴的專科醫生處。這些專科醫生的收費，比一般傳統家庭醫生高出兩到三倍；不過根據最近的調查顯示，新的醫療照顧原則將縮短他們的收費差距。這是理所當然的，因為改革委員會中的研究人員發現，要付給專科醫生75元美金，才能得到委員會想要的回答，而家庭醫生只要50元美金──這是真實的數據。

文書工作

　　保險公司將收入的三分之一用在健康醫療系統，只是為了讓消費者們學習填寫投保表格。新的改革委員會計劃讓事情變得更簡單些，他們把所有文書歸納成一份簡單、而且適用於任何一種醫療求償帳單的格式；雖然，這個表格是用英文以外的文字寫成，對於一名合格的律師，或者在社會運動機構工作的人，看懂這份表格應該不成問題。

　　這樣一來，你應該有一點概念了；這個改革計劃到目前為止，還需要花上幾年的時間。專家們建議，先將你所有嚴重的疾病暫時保留著，直等到改革計劃完成為止。

　　如果改革計劃發生作用，全國同胞將可以納入一個有法定資格，且值得仰賴的醫療照顧系統。目前，我認為最簡單的改進方法，你只要打電話到白宮，同時，確定是提出這個改革計劃的希拉蕊女士幫你打電話預約醫生，相信就會產生應有的效益。

Drug Companies Strike Back

藥廠大反擊

縱使柯林頓總統公佈的整套健康醫療改革方案，很快地遭到國會駁回，但這項計劃已經產生了一個非常顯著的影響：藥廠開始反擊。

根據一份最新而且可怕的政府報導，國內的藥廠定期且不斷地進行價格欺騙行為，一點也沒有誠實反應市場機能。生產處方藥品每年營業額可達550億美元，已是獲利最高的行業。健康醫療的問題中，藥物的價格佔了極大的部份；藥廠突然之間像流行性感冒一樣，廣為眾知。

經由政府及公眾輿論的改變，這些公司開始為自己辯護。「你可以問麥克，如果有人把他的潰瘍藥物拿走，他會怎麼做？」這是雜誌上一篇由「配藥學聯盟」（American Pharmaceutical Coalition）刊登的愚蠢廣告。這篇廣告刊登了一張麥克的照片，他忿怒的舉起拳頭，就好像他正要四處摑人家巴掌一樣；或者，他只是做一些機械性的習慣動作；依照照片，我們很難分辨他是屬於那一種。

最諷刺的是，沒有人、甚至包括希拉蕊柯林頓，也不想將麥克的藥拿走；雖然很快地麥克將會發覺，自己也負擔不起這筆藥

費。藥品價格在過去十年間漲了150%，而且仍然以通貨膨脹三倍的速度持續地飆漲當中。沒有任何其他合法的生意可以賺取這樣高的利潤。

別懷疑，我就是馬克大夫！
"TRUST ME" I'm a Doctor

Sick of the Lottery? Play Med Lotto

厭倦了樂透彩券嗎？
換換醫療樂透

我發覺州際樂透彩券（State Lottery）的「頭彩」（jackpot）獎金金額真的很高，我可以從加油站排隊購買彩券的隊伍長短，判斷該次獎金的多寡。如果隊伍從付錢櫃檯延伸到門口放雜誌的架子，獎金應該是在1,000萬美金左右；如果人群一直延伸到門外的自動販賣機就可能有2,000萬美金；假如，人們義無反顧地一直排到加油站隔壁的錄影帶出租店外時，我想彩券獎金總額已經高達3,000萬美金，甚至更多，而這個時候我也就忘了要加油這回事，一定要買張樂透彩券（Lottery）才回家。

樂透的熱潮已經讓人失去理智，同樣地，人們也對健康醫療的費用失去該有的理性；很幸運地，我發現了一種可以同時解決這兩個問題的方法。

樂透彩券的流行速度快得令人吃驚。人們只是期待找個藉口寄錢給威斯康辛州（Wisconsin）的退休秘書。感謝樂透彩券，該州已經找不到幾個沒有成為百萬富翁的退休秘書了。他們可能必須從其它州撤回退休聲明，維持其公平性。

186

　　最奇怪的是，賭博曾經是一種罪惡，而我也始終這麼認為。賭博讓我聯想到的只有「教父」（The Godfather）裡的馬龍白蘭度（Marlon Brando），也因為如此，我從來不曾買過樂透彩券；雖然這表示我必須每個早上，自己檢查床底下切割的馬首。（譯註：電影情節）我大概是唯一一個對自己的發財機運持保留態度的人。

　　雖然賭博已經蔚為一個快速賺錢的手法，甚至比在明尼蘇達州（Minnesota）的大風雪中，拿到違規停車罰單的機率還要大；而買樂透得獎的機會，就好比他們在開車上班的途中「成為被鯊魚攻擊的犧牲者」的機率一樣。現在我們是一個「賭性堅強」的國家，人民會流淚、脫衣、計算，甚至不放棄任何一個刮開硬紙板的機會（譯註：類似國內的『刮刮樂』，把紙板上的一層錫箔刮開，顯示出得獎內容），當你滿心期待將紙板上的錫箔層刮開之後，可以看見幾個金錢的符號，獲得夢想中的獎金。（譯註：一般的紙板上以六格或九格為一單位，必須有金錢符號的相同金額，連成一線，就可以兌換該筆數額的獎金）正因為他們知道有人贏過錢，才會讓他們從不考慮贏得獎金的機會渺茫，而執迷不悔的繼續買樂透彩券。

　　在此同時，華盛頓的會議也正在努力解決醫療健康的巨大危機。不管結果如何，每個人都希望可以貢獻一份心力，讓驟然增加的醫療花費，經由稅金、更高的保險費用、共同償付來解決。

　　某些部份的保險條款中已有「共同償付」這一項，但這樣的

概念並不受歡迎。人們習慣由他們的保險公司支付任何費用，甚至到診所求診也從不曾自己掏出現金，因此很多人開始抱怨，而且有些人還拒絕這項「在還沒有看到醫生就必須要先付上5到10元美金」的行動。

　　為什麼人們寧可花這麼多的錢去換取樂透微渺的中獎機會，也不願花少許的錢來換取維持健康的機會？我無法理解，但我想到了一個解決方法──醫療樂透。這會讓人們湧進加油站和賣酒的商店（譯註：美國的酒品販賣，必須申請執照，有專門以賣酒為主的商店，稱為liquor stores）搶購醫療樂透。

　　醫療樂透的得獎號碼將會在電視上抽出，持有幸運獎券的人將會收到他們「可以自己選擇醫生看診」的獎品。不同的遊戲會有不同的醫療專科醫生，讓人們可以自由選擇是要換取「注射過敏預防針」或「膽囊手術」。這套醫療樂透，也會發行昂貴的「檢驗兌換券」或「治療兌換券」，同時它也可以採用累計的方式來兌換獎項。至於真正的醫療樂透頭彩是整套的健康檢查，包含雷射光、血液以及所有的檢驗項目。

　　人們還是有機會可以選擇玩「每天三個得獎號碼」（Daily Three）（譯註：在美國除了樂透獎券、刮刮樂，另外有一種"Daily Three"，這是每天隨機由電腦公布號碼，每15分鐘或20分鐘公布一次，每一次由購買人選三個號碼對獎，購買的金額較為便宜，可以在商店直接兌換小額的獎金）但並不是採用隨機的數字組合方式，而必須是猜測自己的膽固醇或者血醣指數數

字的三個號碼。

　　每個月最大的樂透獎頭彩幸運得主，將會收到一張「醫院免付費卡」（或稱退院免付費卡）。（譯註：在美國的醫療費用高得驚人）

　　我想醫療樂透比目前的樂透彩券更合理，反正政府即將介入健康醫療的事業之中，我們將會看到「上級朋友」陸續提出更多比我更荒唐的計劃，這種狀況將在國會諸公涉入以後達到最高潮。深信，唯有醫療樂透才能夠同時呈現出好的醫療照顧，以及不同於一般賭博性質彩券的清白特性，同時兼具娛樂效果。

　　我知道很多人會說醫療樂透永遠行不通，他們會提出，美國人民有權利在任何時間、自由選擇自己的醫生，誰也沒有權利要求人民必須聽從保險公司或政府的安排。對於這些人，我只有一句話：要不要先和我賭一下？

別懷疑，我就是馬克大夫！
"TRUST ME" I'm a Doctor

Changing Insurance? Change Your Mind

改變保險不如**改變主意**

（譯註：本篇文章以美國的醫療保險制度為準，但是文中仍
然有許多值得我們省思之處。或許在日漸著重全民醫療健
康保險的台灣，我們應該多思考，並適時反應人民的心
聲，而不只是一昧的接受政府全盤安排。）

醫療報告顯示，每年一月國內有40%的民眾感染感冒，但他
們找不到醫生，因為其他60%的人正在變更他們的醫療健
康保險。

這是每年都會發生的事情，醫生辦公室裡擠滿了改變醫療保
險計劃而被迫轉診的患者，他們焦慮而困擾，搞不清楚到底誰才
是他們的醫生；醫療人員忙翻了，不停的處理流行性感冒和新的
醫療保險範圍的問題。這些醫療人員乾脆把家人擺到醫學院讀
書，等有朝一日他們也成為醫療人員，大家在這種混亂局面相聚
的機率，會比起打電話問候彼此的機率還要高。

多數人不會察覺，職員們什麼時候改變了醫療保險計劃，除
非每年十二月，員工們拿出來一小本、不同封面顏色的公司保險
權益手冊，藉以分辨他們的醫療保險項目，已經從「良好醫療健
康選擇」（Medical One Gold Health Select），轉變為「醫療加上根

據核准的健康選擇」（Medical Plus Choice Preferred Health One）。

　　很不幸的，不論在哪一本保險小冊子裡，同樣暗藏著官樣文章，在句子的段落裡指出，投保人必須因此變更醫生；而一般人都直到生病的時候，才會發現手冊中有這個規定，屆時已經太遲，混亂於是產生。

　　許多人都相信他們「上一個醫生」才是全世界最好的醫生，只有他們原本的醫生才會把患者當成是自己的孩子般關心，幫他們接好骨折，治好腥紅熱（scarlet fever）；當他們的頭不小心撞到咖啡桌，只有上一個好醫生會幫他們縫合傷口；只有他會傾聽患者們的心聲。

　　保險變更的影響擴及每一個人，無論他們的病情如何。有些患者被迫從癌症醫生轉到一般的化學治療法；有些民眾有心臟方面的問題，必須盡快找到新的醫生，而這個新醫生還會告訴他們不要緊張；保險公司會讓手術當中的醫生放下工作，在已經切開傷口的患者身上蓋張毯子，然後將患者送到「保險公司許可」的醫院，再讓「新」的醫生結束手術工作，以符合他們的保險規定。

　　還好多數人都還挺健康的，他們並不急著找醫生，除非是需要補充藥丸。有些人相信他們前一個保險公司會慷慨地把處方期間延長幾個月，讓他們有足夠的時間更換新的醫生；而多數的保險公司也都會設有「080」免付費服務電話，專門處理類似的問

題。這電話照舊必須花上些時間才能接得通，因為保險公司的作業員真的很忙，忙著跟新的客戶簽約、以及印製將希拉蕊柯林頓描繪成魔鬼的廣告——不過投保人只要有耐心，早晚都會和某個可以給他們答案的服務人員通上電話。你所獲得的答案通常是：「哈哈！」，讓投保客戶別無選擇，只好打電話給新的診所預約看病的時間。

當你在陌生的新醫生面前，可能會看見你上一個醫生走進診所，跟你的新醫生閒聊一下，然後他開始寫下新處方。你不必因為換醫生覺得不好意思，反正，你根本連外套都還沒有脫，醫生已經寫好處方了。

新醫生對你一無所知，假如這個男醫生（或女醫生）不相信你的話，怎麼辦？當然，你手上有握有空的藥罐，但這並不是有力的證據，而原本的醫療紀錄影本，必須幾個月後才能送到新醫生手上（譯註：別以為只有自己國家的公家機構工作效率最慢，事實上，美國人的工作效率，有時候只能形容為一天辦不成一件事），這讓你更加緊張。你不禁懷疑，是否需要找個人攻擊自己，讓身上留下一眼就可以看出來的傷害，才能證明你「真的」需要這個藥物。

這樣的遭遇讓你很想再打電話給舊醫生，即使你必須自己付費。這是當然的，舊的診所也擠滿了人，他們也同樣不斷地談論他們上一個醫生比較好；這些新來的患者有些還是你新診所的老病人。這也就表示每一個舊醫生都是別人的新醫生，這樣混亂的

安排，我們能確定──沒有人會開心。

當柯林頓總統宣布，這個毀滅性的健康改革計劃無效時，他也小心的向人民保證，就算現在做不到，但以後政府可能有能力讓人民選擇自己的醫生。或許，下一次他可以嘗試讓保險年度從後半年開始起算；不妨從六月開始吧！那個時候通常感冒流行已經降溫，醫生們的工作就只治療壘球運動傷害的患者，還有偶爾診療日晒灼傷的患者而已。

在改變生效之前，你們這些會感冒的無辜者就必須靠自己的力量了；多喝水、多休息，更別忘了把「080」免付費服務電話放在手邊，以防萬一你需要打電話詢問保險公司，如何踏出看病的第一步時，可以試試自己的手氣。（譯註：在美國電話語音系統十分普遍，經常必須等上一大段的錄音，才能找到自己應該聯絡的部門。更別說經常保持〝忙線中〞系統。類似的情況，相信各位讀者在日常生活之中，對於這種非常惱人的便民服務，已經開始有與作者感同身受。）

別懷疑，我就是馬克大夫！
"TRUST ME" I'm a Doctor

Smoke Lies

「菸」幕謊言

（譯註：1999年4月，美國的電視網出現一則這樣的廣告：一名婦女露出脖子上的深邃小孔，拿著點燃的香菸插進小孔『吸』了一口，沙啞著聲音說：『他們還說，尼古丁不會讓人上癮。』）

很多人對菸草公司多年來一直欺騙社會大眾感到震驚。人們無法想像，這些大公司居然自甘墮落到這種地步，很顯然的，他們幾乎已經將自己界定為販毒者、危及兒童的罪犯，進一步釀成大屠殺。

去年，來自七大主要菸草公司的負責人，同時出現在議會陪審團的座位上，在那兒陳述第100萬次：「抽菸對你沒有壞處」。他們表示，不曉得大家在大驚小怪些什麼；會議記錄中甚至有人表示，香菸『並不比雙星仕女（Twinkies，零嘴），或者電視遊樂器更糟糕』。我無法贊同他的說法，因為我從來沒有「抽」過雙星仕女。

一個禮拜後，一大堆原本埋藏在菸草公司的地窖裡、屬於最高機密的文件被偷運出來，其中包括30年前的研究——菸草公司的科學家早已清楚證明，抽菸會導致癌症、心臟疾病、中風、還

有肺氣腫。不管這些高機密文件怎麼說，菸草公司顯然早就知道，他們所生產的是不可思議的危險產品。

人民和政府對這個事件感到憤怒無比。現在，美國食品藥物安全檢驗局（FDA）計劃將菸草視為具危險性的藥物加以規範；國會議員考慮制定嚴酷的新規範，限制抽菸者只能在被遺棄的核子產生器裡抽菸。

一些已經退休的政治人物表示，如果早在幾年前，他們就已得知菸草公司所隱瞞的這些事實，他們早就戒菸了。

雖然我還不是很了解長久以來所有的不法行為，但我真的很高興菸草公司總裁終於被公眾認定是沒有人性、愛說謊的社會人渣。我想，只有那些沒有看見新聞報導，或者沒有聽說過這新聞事件的人，才會不被這個幾近完美的欺騙手法震驚。

根據記錄判斷，這些菸草公司的總裁們全然沒有說實話的能力；我敢打賭，他們在國會殿堂裡提供記錄的應該也是假名字，同時，在座位底下偷偷傳遞著名片，為的只是讓人們搞不清楚他們在做什麼。多年來，他們可以湮滅堆積如山且不利於他們的證據，昧著良心不斷向大眾保證，抽菸是富魅力、迷人，而且安全的。

拿「淡（light）菸」來說，這種淡菸是幾年前推出的產品，目的在使抽菸者覺得香菸造成的可怕威脅將因此減輕，讓他們可

別懷疑，我就是馬克大夫！
"TRUST ME" I'm a Doctor

以每天安心的抽菸。淡菸，含有較少的焦油和尼古丁——這種菸草公司拒絕承認對人體有害的成份；雖然香菸廣告從來不說這些成份對人體有害，相反的，他們傳遞這樣的訊息：「淡菸——抽起來更美味，更沒有危險性。」

正如你所想的，這完全是一個巨大而愚蠢的謊言。「淡菸」並不比任何其他牌子的菸安全；抽淡菸，就好比用較小口徑的砲彈往自己腦袋轟，還深信同樣是射一槍，低口徑的槍比較不會造成生命危險。

不管是抽那一種牌子的香菸，所有抽菸者血液裡的尼古丁含量都比天還要高，唯一差別是「淡菸」的尼古丁標準比較低。這樣的結論是淡菸生產公司，利用特殊的抽菸測驗機器，做出來給消費者看的測驗結果。（許多類似這樣的機器現在都被撤銷生產、同時被提起訴訟）至於人類這個牌子的「抽菸機器」則具有一種特性，嘴巴會增加尼古丁吸入、傳進肺部的含量，只要用力吸一口就能把淡菸變濃，吸取比一般菸更多的尼古丁。

這樣的謊言被拆穿後所造成的衝擊力，足以讓抽菸者如暴風雨般衝進菸草公司的辦公室，就像「科學怪人」（Frankenstein）電影裡拿著火把的村民一樣，獵殺菸草總裁。有這樣的想法，還有沒有人會感到驚訝，菸草公司這種關於抽菸和健康的答案怎會如此荒謬？怎麼還會有人這麼浪費唇舌，對他們提出這樣的問題？

我們要感謝這些被揭露出來的秘密文件，這些製菸者正處於

艱難時期，對公司科學人員提出的醫療證據視而不見，同時，他們也決定忽略不同來源的各種科學根據，專心處理問題。當抽菸可能變成「確定」的不健康，他們開始改變說法，表示抽菸其實是一種「自由意願」的選擇。根據這些菸草人的觀點，尼古丁是不會讓人上癮的，每個人都可以依照自由意願戒掉這個習慣，而且，沒有任何一個人應該放棄上天賜予他們「抽菸選擇」的自由。

　　幸好，美國食品及藥物檢驗局在尼古丁貼片（nicotine patches）上市的時候，開始插手整個事情。尼古丁，正如我們所知，它讓人上癮的程度就如同海洛英或古柯鹼般可怕；而且，許多人有能力戒掉海洛英卻無法戒菸。這也就是為什麼尼古丁貼片需要醫生的處方證明才能購買，這個規定逼得你必須去看醫生，而醫生會使盡全力，勸你戒菸。

　　菸草公司唯一的生存空間，就是改製不含尼古丁的香菸。這個想法在技術上是成立的，只要在製菸過程的最後階段，完全捨棄增添尼古丁的步驟即可。當然，失去尼古丁會讓人上癮的特性，就沒有人會買香菸了，因為沒有多少人會願意花錢，讓自己只是聞起來臭臭的，而且破壞牙齒的美觀。

　　此外，我們也可以想像，香菸在不久的將來變成醫生的處方項目，那麼，香菸就必須放在藥局櫃台的後面，而不是直接擺在雜貨店結帳櫃檯上方顯眼的地方，旁邊還擺個美女擁抱著駱駝（camel，香菸品牌）的廣告。這應該會是懲罰香菸總裁的

方法之一。

　　另外還有更好的方法，等這些總裁下一次出席這種可笑的會議時，我們再用「歌林刺蝟」（Sonic the Hedgehog）卡帶和奶油夾心餅乾將他們湮埋起來，一直到他們道歉為止。

　　而不管香菸商人怎麼說、提出什麼樣的證據，反正我都不相信。

Lifetime Warranty Runs Out at 40

「終身保障」在40歲結束

只 因為感到身體功能四分五裂，這些人開始擔心變老，而且認為自己已經愈來愈接近死亡。

真是三八，你根本不知道60或70歲的時候會發生什麼事情；而且不管60或70歲，你擔心的事都比不上40歲時。

我還不到40歲，但我好像在高速公路的四線大道上，快速駛向生命終站，已經開始看到退化的警告標誌，警告我必須小心邁入中年。

我更仔細咀嚼吃進嘴裡的食物，清理住家附近的水溝都必須花費個數天，非常注意牙床疾病的廣告；我不再和年輕人跑跑跳跳，因為我擔心他們會對膝蓋發出的吵鬧聲感到厭煩。愈來愈明顯的，我的身體有朝一日會被製造廠回收。

我知道我不是唯一有這種感覺的人，每天都有朋友走進辦公室，向我抱怨老化這件事，每個從艾森豪總統（Eisenhower, 1890-1960，美國第三十四任總統）執政期間活到現在的人，都開始逐漸感到衰退，身體的發電機開始變老了。

「我的聽覺不再像以往那麼好」他們說，或者「我在撿鉛筆時扭到背」。老化的人，動作變得遲緩且保守，自己的舉動愈來愈像老邁的父母，而不像過去年輕的自己。「你無法了解」，這些人們申辯：「我以前可以整晚不睡，用啤酒罐製作金字塔，第二天早上只需要喝13杯的咖啡，仍然可以精神煥發的參加期中考。」

很不幸的，我的工作是要告訴他們——這些黃金歲月已經過去了，就像花朵已經過了綻放的興盛期；「並不是那裡有毛病」，我會告訴他們：「你只是變老了」。沒有人會樂意聽到這個回答，尤其，當我提醒他們，平常必須多吃一些纖維質食物時，他們的表情就更加的沮喪了。

你必須先明白地球上其他有機生物老化時所呈現的變化，以便了解年齡增長的步驟。記不記得有一次你不小心掉了一根燻肉香腸，而且沒有發覺它滾到冰箱底下，當你在幾個禮拜之後，請人來消毒房子，移開冰箱的時候看到它，這條香腸變成什麼模樣？（譯註：美國地區以木造的房子居多，經常會有白蟻的困擾，所以會定期或不定期請專人來家中消毒）

你的體內無時無刻都有著像這樣的過程，我們永遠擺脫不掉一種狀況，那就是「每下愈況」四個字；只不過，每個部位老化的速度不一樣。

幸運的是，我們的身體能夠持續製造新細胞，取代那些老舊的細胞，而不會很快像冰箱底下的那條香腸。多少年來，我們努

力克服老化、衰退的問題，縱使每個人都有如花朵盛開般的黃金時光，但隨著不可抗拒的命運安排，所有的事物早晚都會像是盛開後的花朵，不斷的衰退、凋零。

到了40歲的某一刻，我們身體突然只能自動更換像是心臟、小腸細胞的重要細胞，至於類似膝蓋或眼睛這樣的部位，細胞們就必須自求多福了。肥胖細胞從40歲開始活力特別旺盛，我們的身體在這個年紀，通常會試著拿這些肥胖細胞取代其它老化細胞，把它們整坨、整坨的當成全塊肌肉。

當然還有其他的改變。醫生們在做健康檢查的時候，開始不依照月曆來計算實際的年齡，而改採另外一種屬於中年人身體變化的分辨原則，更加具體地指出你的年紀，例如眉毛。多數的男士有一對漂亮而正常的眉毛，直到有一天，當你邁入中年，它們會突然長成幾倍長，這種堅硬而突出的毛髮，讓他們看起來像是來自外太空的大龍蝦，修飾只會讓它們看起來更濃、更粗。很快的它們會拓展到前額，企圖碰到頭頂上正快速向後撤退的髮際。

「耳毛」同時也會在這段期間出現，這不由得讓人懷疑，什麼時候毛髮會開始在眼球、或人體其他平面器官上長出來。這些毛髮長到令人難以忽略，但是又短到不足以使用有效、受歡迎的「片面覆蓋」（comb-over）來遮擋禿頭、掉髮區域。根據我一個朋友的伯伯表示，利用僅存的幾根餘髮將光禿的位置遮起來，簡直是把頭皮變成巨大的電腦條碼。每個人都會不顧一切克服這種中年現象，就算必須使用危險的「個人清潔」（personal grooming）

電器設備；使用這種設備，一個不小心，就會在自己的頭上開出一個全新的耳道。

說的再多也很難責怪他們的反應，畢竟「中年人」是個很難令人接受的名詞。多數的我們都還沒有準備好變成大人，更別說轉眼變成老人家；我們之中，頂多只是基於職業的需要，讓我們不得不假裝成大人。

很幸運的，並不是每個人都必須忍受這個痛苦的生命階段，你常常可以遇到這樣的朋友——80歲了，仍然跑著馬拉松，一邊經營著自己的企業，同時還可以擔任兒童醫院的義工，接著再飛到羅馬，在教皇面前表演最新的小提琴協奏曲。

這種人的存在，對其他老百姓真的具有鼓舞作用，通常他們只給人們帶來一種想法：或許，明年我可以找他們其中一位來幫我清洗水溝。

Where There's Smoking, There's Fire

有「菸」的地方就有災難

很 高興反菸的文章見報了。

最近有一篇研究表示，抽菸會造成白內障，文章指出中「如果你再不停止，你會變瞎」，這句話所指的就是抽菸。我都會把報紙上類似這樣的頭條新聞剪下來，拿給患者和同事瞧瞧，我會高興的告訴這些人：「我們可以肯定，這樣應該沒有人會繼續抽菸了。」

對方通常只是看著我，然後搖著他們的頭。我知道他們的想法，他們認為我不了解菸。是的，因為抽菸給我的感覺就是，先在嘴巴裡放個東西，然後點火。

同樣的情形又發生在我第一次聽到政府打算針對抽菸者抽取「罪惡稅金」（sin tax）的新聞時。這新聞指稱，柯林頓總統要求每包香菸加收2元美金的罪惡稅金，用做醫療照顧改革的花費，這蠻合理的，因為抽菸者通常就是那些經常耗用許多民間醫療照顧資源的人。

其他人則不這麼想，許多人覺得沮喪，尤其是菸草農夫、香

別懷疑，我就是馬克大夫！

"TRUST ME" I'm a Doctor

菸陳情者、還有幫香菸代言的傀儡議員，例如傑士翰墨（Jesse Helms）先生，這些人擔心課徵這種稅會削減「自由貿易」；而我則擔心，一包香菸只抽取2元美金，可能根本不夠。

我一直覺得驚訝，人們為什麼要抽菸？抽菸讓你聞起來很臭、牙齒上產生黃斑，而且讓你的皮膚變得像牛肉乾；菸，會在你的胸腔裡吃掉你的肺，而且會讓你的心臟像是1968年別克汽車的爛氣青引擎——你不知它何時會突然熄火。

不幸的是，除了難聞的味道以外，這些不良的影響，都要經過一段時間才會逐漸顯現。等到人們發現抽菸有多危險的時候，一切都已經太遲了。最好可以發生一些嚴重的事件，立刻引發抽菸者警惕與畏懼——一個人點上香菸，結果碰一聲，他們的腦袋爆炸了；接著菸草商們開始傷腦筋，他們要怎樣在香菸的包裝設計上說明這種情況。

然而，不管他們在菸盒上清楚印刷著什麼樣的警告內容，菸草公司仍然否認它，他們否認每一件事情，甚至包括印刷在自己產品上的警告標語：「抽菸過量有害健康」。直到現在，他們依舊堅決認為，抽菸不會傷害健康，這是根據他們公司受過高度訓練的研究科學家所提出的研究證明。他們的研究員告訴國會議員：「我們會提出有利的證明，同時，來，先把這些錢收下吧！」

目前，民事法庭還沒有法律依據，可以懲罰香菸製造商對消費者所造成的傷害，但我相信，這只是時間上的問題；當這一天

降臨時，你可以期待菸草公司宣布重要的研究顯示，「癌症真的不是一件壞東西」，除此之外，他們也真的無法找到證據，證明「死亡會對任何一位死者造成傷害」。

這些菸草公司不斷開發新的抽菸群，主要是因為大多數的老菸槍正不斷的凋零；這也就是為什麼，他們告示板的廣告上畫的明明是卡通人物，長相卻有點像是邦尼（Barney）這隻恐龍。他們知道，「菸草」有種讓人容易上癮的不可思議天賦，就如同孩子只要吃上幾粒泡芙就會立刻上癮，這種上癮的天性就好像添加了海洛英的叮噹巧克力又浸泡在白蘭地酒一樣，令人迷醉。

這樣的想法使人無法苟同，每包香菸加課兩塊錢稅金，足以造成任何改變。縱使如此，這個課稅案已經引起菸草協會組織的強烈反彈；這個組織就是一群人坐在一起、抽著菸研究經濟取向。這些人表示非常擔心，抽取「菸稅」（smoking tax）對窮人不公平，因為窮人和其他人一樣，應該具有同樣冒險犯難的權利，也有同樣的權利接近危險具毒性的產品。

類似這樣的抗議聲，很快的開始拉低課稅的金額，最後一個消息是，他們協議每一包香菸課徵0.9元美金，而且還在不斷的下降。最後的版本可能只要求抽菸者，必須自願奉獻時間到當地的健康診所擔任義工，同時請衛生局來回收香菸的塑膠包裝。

我們只有一個答案：拒絕抽菸。我們必須轉移在南、北卡羅萊納州（North and South Carolina）的聯合反毒聲浪，就好比在哥

倫比亞（Colombia）所做的一樣。陸軍應該整裝出發，制止香菸卡車離境，維護州際之間的安全；空軍應該翱翔天際，摧毀所有的香菸種植場；美國情報局（FBI），則應該展開緝捕聲名昭彰、白痴、自我膨脹的國會議員的實際行動，例如傑士翰墨先生，務必將這些人拘禁在豪華的閣樓公寓裡，並配備國家級的娛樂設施，以免他們想要脫逃。

　　最好的方法是讓這些香菸的擁護者們排排站，然後把乾的菸草塞進每一個人的嘴巴裡，讓他們輪流幫彼此點火，打發無聊的時間。

Chewing the Fat about Cholesterol

膽固醇與肥胖的關係

人們已經厭倦聽到膽固醇相關的事情，我並不責怪他們，因為多數的人們對於一天所吃的東西沒什麼概念，我們需要的只是另一個專家，向我們解釋到底什麼東西對我們有害。

除此之外，那些所謂的專家、人員，總是不斷的對外宣佈新規定。記不記得燕麥麩（oat bran）？你是不是也曾經吃了過多、而且儲藏過量的燕麥麩？那麼真是太不湊巧了！因為他們現在已經決定，燕麥麩對人體的效用並不比其他的穀類更好，這句話的意思就差不多就表示——「不需要吃這種東西」了，而吃燕麥麩只會讓你上廁所的次數更加頻繁。

我不責怪那些有膽固醇問題的朋友，我只認為，這些朋友欠自己一個再次嘗試、接受、了解膽固醇的機會。每個人都可以利用簡單的英語學習「膽固醇」單純的真相，讓他們自己更輕易面對這個問題。這裡有一個清楚、容易明瞭的解釋：

膽固醇的英文字「cholesterol」，是由拉丁文的「chole」演變而來，意指「膽汁」，以及「esterol」，表示「會阻礙你所有動脈的物質，同時造成心臟在爆胎事件前比你的輪胎快一步爆炸。」至於了解膽固醇的基本，簡單說就是：任何一點膽固醇都是壞

的，當然，愈多愈糟糕。

雖然膽固醇不好，但你吃進的卻只是你體內壞東西的一小部份，因為體內隨時都在製造新的膽固醇；你決定吃少一點，你的身體就會決定多製造一點。基本上，這就像身體企圖編織一條繩子吊死自己一樣。這也證明，人體本身的運作確實是一件無解、神祕的事情。

為了讓事情更複雜，這個膽固醇總數被分成各種不同的成份，稱之為「脂蛋白」（lipoproteins），意思就是，當多數年輕人追求獨立，決定搬離父母的家，同時學習倚靠微波爐披薩和雙星仕女甜心（Hostess Twinkies）等垃圾食物為主食、過生活的年齡。

LDL，「長途的脂蛋白」（Long Distance Lipoprotein）才是真正令人害怕的一種膽固醇。這些造成肥胖的組織像是佔道紮營寨的小土匪，在動脈裡設置小小的收費站，凡是經過動脈朝向心臟的血液都必須繳交過路費；多年後，它們變得更加暴戾，要你「嚼碎兩個『奧利奧』（Oreos，譯註：巧克力牛奶餅乾）來換取三分鐘的心跳」；就好像所有長途電話公司無視於你正在熱線當中，隨時可以斷話（譯註：在美國有許多家民營的長途電話公司，競爭激烈，有時候為了搶生意不惜任何優惠手段，但是，他們也可以隨時中斷對你的服務，讓你無法打任何越區的電話）。後者所造成的傷害，只不過是讓你無法打電話而已，前者的膽固醇對我們的影響就大不相同。

如果，你的醫生是屬於藥物的終極使用者，他可能會建議你

只進行一個「遠超過蛋白質」（apo-protein）的測試。測試的名字就表示「在一般的蛋白質水準以上」，名稱是根據這項測試所需要的費用而來，其費用相當於「沙帝餐廳」（Sardi's）兩人份晚餐，加上一台遠洋航行、水陸兩用氣墊船的費用。許多人難以理解「遠超過蛋白質」到底是個什麼東西，不需要擔心，因為醫生們也不知道。

我們是不是真的有必要了解，自己的身體以往是如何消滅這些肥胖、危險的細小分子，以及其生物化學組成成份？至少，我是希望不需要，因為我在好幾年前已經忘記這整個過程了，我可不希望患者問我這個問題。

最重要的，應該是決定什麼樣的食物對我們是安全且適宜的，我們可以暫時遵行以下的例子：

蒸煮的馬鈴薯加上奶油——不好。
雙層起司漢堡加上額外的沙拉醬——可怕。
16盎司的肋眼牛排加上香菇和佐料醬——極端危險。
二又二分之一的瘦火雞胸肉放在一片萵苣上面——不好。

瞧，這樣的分類是多麼簡單！現在，你可以把這樣的知識付諸執行，只要謹慎遵守相關的飲食計劃，你就可以控制自己的膽固醇，同時還讓你享受多種的有趣食物：

早餐——後院靠近房子角落裡，四片小小的嫩枝（twigs）

午餐——一些切碎的菜葉，加上護根（mulch）粉末，以及Ｖ形的檸檬片（wedge）

　　晚餐——Hay（一餐自由食物a free food）可以吃多，加上少量的菠菜沙拉，以及一片水果

　　點心——更多的嫩枝（twigs），或者一小杯的礦泉水

　　其他人都睡了以後的點心——速健減肥營養食品（Slim-Jim）

　　依照這種基本知識以及謹慎的計劃，每一個人都可學到控制膽固醇的方法。而又有誰會知道，你可能因此活得更久。要不然的話，至少你可以看起來活得更久。

Diet Plans That Shrink the Wallet

讓荷包縮水的**減肥計劃**

世界各地都有人想減肥，所以我想來檢視一下，國內一些受歡迎的減重計劃；這種文章應該是不錯的報導方式。

人們常說體重會受到兩個因素影響：（一）測量體重的「人體」總數量，（二）地心引力的方向、力量是不是往下拉；專家們對於這兩個因素何者比較容易改變，也有分歧的意見。我已經忘記高中所學關於地心引力的物理課程，所以只好專注於這些保證可以改變人體尺寸的計劃。

有名的失敗者計劃（The Famous Losers Plans）

這是依照一些你從來沒有聽過的名人命名的減肥計劃，這些人曾經都很胖、但現在早已改頭換面了，你通常可以在雜誌、報紙上星象算命版的旁邊看到他們的廣告。

這種廣告通常會刊登「減肥前」的照片，這種照片是用拍立得照相機，在燈光昏暗的遠距離（大概有半公里長的距離）拍攝，圖片中顯示出這個客戶誇張的身體線條，而且穿著暴露出鬆弛、下垂肥肉的汗衫；同時也會有另外一張「減肥後」的照片，照片是由專業、高雅的攝影師拍攝，同一個人穿著「斯博得」

（Spandex）緊身衣褲、面帶微笑而且身材苗條，他的手上會拿著減肥前照片中所穿的汗衫、長褲，這褲子看起來就幾乎可以容納「梅西（Macy's）百貨公司」遊行時，「波派」（Popeye，譯註：美國當地的連鎖速食餐廳）飲食店的大氣球。

這些所謂「有名的失敗者」都會表示，他們曾經試過其他許多的減肥計劃花了上千美元，一直到現在才發覺屬於自己的減重方式，現在，他們樂於把這樣的方法介紹給其他人分享——如此，他們才能回收一點減肥所花費的金錢。

減少蛋白質飲食的減肥計劃（The Nutra-Opti-Slim-Reducing-Protein Fast Diet Plans）

這種計劃是用來配合那些希望在家偷偷減肥的人。整個計劃就是到雜貨店買幾箱的爛泥罐（譯註：暗諭難吃的減肥食品，小標題中有slim和fast二字，引人聯想），然後吃這些爛泥來代替真正的食物；你之所以會變瘦，是因為沒有人可以吃了這麼多爛泥後，還能保有正常的食慾。你可以不必依靠這些爛泥也同樣可以減肥，其實，只要你每天少吃一餐、或者兩餐就可以，不過，這可能會讓你稍微的營養不良。

明星的健康俱樂部（Health Clubs of the Stars）

想想看，莎拉貝拉蒙特 （Shari Belafonte）、席娜伊斯頓（Sheena Easton），以及瑞爾威爾區 （Raquel Welch）有什麼共同

點？答對了，他們都沒有工作；至少在我寫這篇文章的時候，他們正在失業中。現在，他們都在電視上和名人一起宣傳各種健康運動俱樂部。如果你想讓自己看起來像是雪兒，電視上說你只需要每隔一天、健身30分鐘；這樣的說詞有點誤導，因為廣告裡他們沒有提到另外還有45萬美元的整型手術，也沒有包括刺青的費用（譯註：這裡指雪兒的外型，是用無數的金錢堆砌出來的）。不過，對那些渴望減重的人而言，這樣的花費也不算多，只要你也像這些名人一樣沒有工作的話。

黑洞減肥計劃（The Black Hole Diet Plan）

許多人多年來都遵行這個減肥計劃，即使這計劃從來沒有產生實際的減肥效用。他們會告訴身邊的朋友：「我沒吃東西，但我的體重還是不斷增加。」他們的朋友會善解人意的點點頭，並回憶起上個禮拜，他們看見他吃掉半個起司蛋糕，以及一條士力架巧克力棒（Snickers bar），接著享用午餐。

人們相信，這些人被排除在「食物保存律法」（the Law of Conservation of Matter）的保護之外，也就表示，士力架巧克力棒不能被汽化到空氣中消失。不要忘記，「黑洞」是整個宇宙裡最大的東西，沒有人願意成為黑洞代名詞，如果你不努力消滅任何導致肥胖的產品，這計劃對你就不會有實際的助益。

電視購物頻道減肥計劃（Late-Night TV Plans ）

別懷疑，我就是馬克大夫！
"*TRUST ME*" *I'm a Doctor*

　　電視購物頻道有一些非常有趣的減重方法。深夜的電視節目裡，你可以看到有人為了減肥，每天吃17顆葡萄柚；還有，卡在你胃裡的機器，能讓你睡覺的時候繼續運動；老電影明星，用他們的大腿夾彎巨大的鐵條。你覺得那一點比較合情合理的？三選一，如果你挑好了答案的話，我可以告訴你，在最近的將來，你可能不會減輕任何體重。

一般常識減肥計劃（The Common Sense Plan）

　　「少吃一點」，就這樣，這就是整個計劃。如果你想減重，你就應該少吃一點；假如，你已經記不得雙腳的確實位置在那裡（譯註：胖到大肚子擋住自己的視線，讓自己低頭也瞧不見自己的腳趾頭），你就應該吃得「更少」一些。這樣的計劃也就表示，你應該用小一點的盤子，或者是從飲水槽那麼大的餐具換成正常的盤子；把你的叉子全部拿去換一份豬排；放一張非常不舒服的瑞士椅子在餐桌旁；煮一些你不喜歡吃的食物；邊吃晚餐，邊看CNN的國會殿堂節目——不管你用哪一種方法都會有效。我還可以舉出幾個吃得愈少，減輕的體重愈多的食物群，比如說「波浪狀袋裝的食物」，或者「雙星仕女甜心夾奶油」；假如你可以配合偶爾到附近散散步，效果會更加的明顯。

　　以上這些減重計劃，哪一項對你最有利？答案雖然是因人而異，但是一般來說，假如你的器官與地球上的人體器官一樣，而且偶爾會開開車或穿一穿長襪，那麼最後一個計劃應該就最適合你了。如果你有任何問題，請教你的醫生，並且確定隨身帶著你

214

從夜間電視購物頻道上買來的「肥油剋星」（Fat Buster）配備。
像這樣可笑的事情，能夠確實抒解醫生們整天在辦公室忙碌、緊
張的工作情緒。

別懷疑，我就是馬克大夫！

"TRUST ME" *I'm a Doctor*

New Food Labels Tell Too Much

誰需要詳盡的食物成份標示

美國國家食品及藥物檢驗局（FDA）最近公佈了一個新的食品標示指南，我可以代表所有人的立場來說這句話：「麻煩你拿低卡路里、低脂、低咖啡因、低鹽成份的摩卡冷凍優格給我」。

人們從來不需要政府在食品上制定的標籤，穴居人的時代，祖先們只要是手邊抓得到的東西都可以吃。

很不幸的，現代的超級市場讓我們太容易拿到像是「雙星仕女甜心」，或者「波力士」（Polish）之類的垃圾食品，所以開始需要政府告訴我們，吃什麼東西才安全，這是一個永續的任務，保衛我們免受不良食物的傷害。

政府任由巧克力奶油夾心四處販售，卻不制定法律來規範；對我們日常用割草機整理草地的速度過快，反而制法加以限制時數，這真的是很笨、很可笑的事情。雖然舊式的食品標示讓人困惑，但如果你原本就已經知道官方的解讀密碼，它們還是比較容易解釋。舉例今日我們在一般超市的架上看到的食品標示，你就可以明白其複雜程度：

「低脂」（Low Fat）：所含的油脂比原來少一點。

「減少肥油」（Reduced Fat）：比起它原本含有的肥脂油量更少一點，至少是根據測量分子的化學人員，使用強而有力的電子顯微鏡所觀測出來的結果。

「低脂」（Lo Fat）：由侏儒症患者所測試出來的結果。這個人恐怕不懂得如何拼「低」（low）這個英文單字。（編註：『Lo Fat』，在超市上常常會有這樣的食品標示，是一種慣用的錯誤簡化拼法）

「節食」（Diet）：口味的挑戰；以及（或）讓食物吃起來更沒有味道。

「低卡路里」（Low Cal）：含有少量卡路里，你必須配合規定、精準無比的按照標籤上所標示的份量，這個數據才會成立。

「不含膽固醇」（Cholesterol Free）：食品本身不含膽固醇，不過仍含有一大團的肥油，在吞下它之前，你的身體已經把它轉變成膽固醇。

新的標示規定增加了許多科學的方法，他們把所有的數據用「每日建議營養攝取量」（sample daily diet）來與產品比較，其中包含2,000卡路里熱量以及65克的脂肪。根據官方的研究，這是美國人每天平均應該攝取的營養成份，這個數字對大多數人而

言，在等外送披薩之前就已經吃了等量卡路里的零食了。

　　他們同時也簡化了條碼，讓這些公司在使用專有名詞時可以有些原則可循。例如，標示「淡」（light）的食物，脂肪含量必須比一般食品減低至少50%以上，這是令人印象深刻的部份；「多」（More）表示超過10%，而不是只有多幾個分子質量。雖然，他們不再使用命令囚犯的語氣詞句，取而代之的是「lite」、「lo」或者「快速和容易的微波爐點心」這些字，站在營養學的角度，這種規定仍然算是一種突破。

　　他們專注於油脂的含量，這很容易讓人們理解。因為舊有的標示方式充滿著令人困惑的詞句，就好像百分比以及化學名稱。例如「兩個氫氧根的古胺酸鹽」（2-hydroxy monosorbitrontium），以往是用來製作人們愛吃的「仕女甜心雪花球」（Hostess Sno Balls）的成份。從來沒有人看過核黃素（riboflavin），既然如此，我們還需要擔心微波爐裡的熱狗到底包含了多少這種成份嗎？油脂，是一種你可以放在手掌心上的東西，雖然那讓人覺得有點噁心，每個人都知道脂肪對人體不好，新舊標示之間的差別也只是把數字加上去。

　　我認為這些制定食品標示的人，應該把事情再簡化一些，最好用像以下這樣簡單易懂的句子：「含有比國會議員薪水還要多的脂肪」，或者是「吃下本產品就好像把抽除的脂肪再灌回人體」。或者，他們可以直接把燃燒掉該產品熱量的運動列舉出來，例如，當你吃下「法式絲絨巧克力派」（French Silk

Chocolate Pie），其標示應為：「吃下本派以後，必須立即抱著兩個蒸汽鐵塊開始慢跑，除了溫熱的『服瑞卡』（Fresca，譯註：應該是一種助消化液）以外，不准飲用任何東西。持續跑到血醣指數恢復正常，或者是下一次的月蝕；不管是先恢復血醣指數，或者先發生月蝕現象，總之，一定要達到其中一項才可以停止」。

大部份的人真的、真的只需要知道一件事情——吃下這些東西到底對我們是「好」或者「不好」。

真的有人需要知道「莎拉李原始口味的草莓牛奶起司蛋糕」（Sara Lee Original Strawberry Cream Cheesecake），到底包含有多少公克的脂肪嗎？有「蛋糕」和「起司」放在一起就已經很明顯的告訴你，你可以跟人家打賭這個食物的脂肪指數，會超過炸洋蔥圈以及「Haagen-Daz哈根達斯冰淇淋」。

市面上應該只有三種不同的食物標示：第一，綠色的標示，表示「健康，隨時可以食用」；第二，黃色標示，表示「中度健康，偶爾吃一次無妨」；以及第三種，紅色標示，「警告！危險食品，只有在逼不得已的時候食用，例如參加盲目約會（譯註：blind dates，未經見面的雙方的約會）之後，或者是被稅捐處查稅（譯註：IRS tax audits，相當於國內稅捐處要求提出某年度或者某一段有問題的稅務資料，通常是美國人最害怕的麻煩事）以後」。

不管任何一種方式，或者是回到老祖宗「抓什麼就吃什

麼」，對我來說都沒什麼差別。為了這種不斷增加的正派言論，
你應該開始教自己的朋友，做到拿起仕女甜心（Twinkies）然後
丟出10碼遠。

書號：CT001　　**別懷疑，我就是馬克大夫！**

謝謝您選擇了這本書，我們真的很珍惜這樣奇妙的緣份。期待您的參與，讓我們有更多聯繫與互動的機會。

讀者資料

姓名：_____　性別：□男　　□女

身份證字號：_____　生日：　年　月　日

學歷：□國中　□高中職　□大專　□大學（或以上）

通訊地址：_____

電話：（H）_____　(O)_____

※ 您是我們的知音。所以，往後您直接向本公司訂購（含新書）可享八折優惠。

1.您在何時購得本書：　　年　　月　　日

2.您在何處購得本書：
□書展　□郵購　□書店　□書報攤　□便利商店　□量販店
□其他_____。

3.您從哪裡得知本書（可複選）：
□書店　□廣告　□朋友介紹　□書評推薦　□書籤宣傳品等

4.您喜歡本書的（可複選）：
□內容題材　□字體大小　□翻譯文筆　□封面設計
□價格合理

5.您希望我們為您出版哪類書籍（可複選）：
□旅遊　□科幻　□推理　□史哲類　□傳記　□藝術　□音樂
□財經企管　□電影小說　□散文小說　□生活休閒　□其他

6.您的建議：_____
_____
_____

別懷疑，我就是馬克大夫！

作　　者：馬克‧狄波里斯
譯　　者：周秀玲
發 行 人：林敬彬
企劃編輯：簡玉書
執行編輯：林玫岑
美術編輯：張美清
封面設計：張美清

出　　版：大旗出版社　　局版北市業字第1688號
發　　行：大都會文化事業有限公司
　　　　　台北市基隆路一段432號4樓之9
　　　　　電話：02-27235216　傳真：02-27235220
　　　　　e-mail：metro@ms21.hinet.net
郵政劃撥：14050529　大都會文化事業有限公司
出版日期：2000年1月初版第1刷
定　　價：200元

ISBN：957-8219-12-1 (原著ISBN：0-925190-39-X)
書號：CT 001

※ 本書如有缺頁、破損、裝訂錯誤，請寄回本公司調換*

國家圖書館出版品預行編目資料

別懷疑，我就是馬克大夫！／馬克‧狄波里斯（Mark
Depaolis）作；周秀玲譯. －－初版－－臺北市：大旗出
版；大都會文化發行, 2000〔民89〕
面；公分——
 譯自 ：〝Trust me, I'm a doctor〞 ：
humorous second opinions for everyday life
 ISBN 957-8219-12-1（平裝）

874. 6   88017519